新潮文庫

プライド

真山仁著

新潮社版

9524

目次

プライド

一俵の重み

1

寒い、いや暑い——。膝下《ひざした》から忍び寄る冷気に震えながらも、秋田《あきた》一恵《かずえ》の顔は会場の熱気で火照《ほて》っていた。

国立印刷局市ヶ谷体育館という殺伐としたところで味気ないパイプ椅子《いす》に座ってから、もう一時間以上経《た》つ。年末の予算編成で寝る暇もない時に、こんな理不尽は許せない。だが、怒って席を立つわけにもいかない。なぜならここは、新政権が鳴り物入りで始めた行政刷新会議による、通称「事業仕分け作業」の会場だからだ。

「それは、経済的合理性から考えると、無駄じゃないんですか」

〝必殺仕分け人〟と呼ばれてすっかり仕分け作業の顔となった美人議員・早乙女《さおとめ》麗子《れいこ》が一刀両断すると、農水省屈指の切れ者である大臣官房審議官が唇を嚙《か》みしめた。

「そもそも農政には、そうした合理的な発想には馴染《なじ》まないものがございまして」

「そんなことは聞いていません。無駄じゃないんですか」

嫌みな言い方だと思った。その一方で、国民感情が味方だという強味を十分にわきまえている点で、政治家としてやり手だとも思う。

それにしても我が上司は――。緊迫したこの雰囲気に全く動じることもなく、ずっと落書きに勤《いそ》しんでいる。農水省随一の変人と言われる人が何をやっても驚かないが、それにしてもこんなにのん気で大丈夫なのだろうか。

二人が所属する食料戦略室の三事業は、この仕分け作業によって何《いず》れも「廃止」間違いなしと言われている。それで、彼は既に諦《あきら》めているのかも知れない。

秋田は返す返すも、己の不遇を嘆いた。入省して三年半。キャリアのスタートは大臣官房国際部国際協力課だった。アメリカのハイスクールに三年間留学して身につけた、ネイティブに近い英語力を買われたのだと独り合点していた。いやな仕事も進んでやったし、それなりに結果も出したと思っていた。

なのに、この秋の異動は全く畑違いのセクションだった。それでも最初に食料戦略室の名前を聞いた時は、悪くない配転なのだと思った。だが、会う人会う人に、同情され励まされた。「行ってみれば分かるよ」という先輩の言葉の意味を、異動初日に痛感した。

今、隣でペンを走らせている上司、すなわち食料戦略室長のせいだった。

米野太郎《よねのたろう》、五七歳。鳥取大学農学部卒、京都大学大学院農学研究科博士課程中退。コメ作りのエキスパートで、通称コメ太郎とかコメ博士と呼ばれている。その名の通りコメを愛して止《や》まない変わり者だった。彼は極めて有能ではある。だが、自分と同じレベルの仕事量と結果を、部下にも求める。そのせいで、二四時間ずっと働いているようなプレッシャーが毎日続いていた。

「それでは、この事業は、私どものワーキンググループとしては、廃止とさせていただきます」

〝必殺仕分け人〟が、勝ち誇ったように宣告していた。

「言葉使いは譲っているくせに、結論で叩《たた》きのめす。さぞかし気持ちいいだろうねえ」

落書きの下に何やらメモしながら、コメ太郎が首を傾《かし》げた。

「そんな他人事でいいんですか。次は私たちの番ですよ」

米野は答えず、落書きとメモに集中していた。危機感がなさすぎる。崖《がけ》っぷちに立つ室長とは思えぬ態度に、秋田は不安になった。

「私たちは、大丈夫でしょうか」

「大丈夫って？」

「三事業とも立て続けに廃止判定なんてされたら、どうしましょう」

「なあに、君が心配することじゃない。安心したまえ。僕らは負けないから。よし、じゃあ交代だ」

白い歯を見せると、米野は立ち上がり、広げていた書類の束をしまうと、ネクタイを締め直した。秋田は慌《あわ》てて、室長の手を引っ張った。

「まずいですよ、まだ審議中ですから」

呼びつけられた各省庁の幹部たちは、座り心地の悪いパイプ椅子で畏《かしこ》まっている。現代版お白洲《しらす》のようなテーブル席を〝コの字〟形に取り囲んで、仕分け人たちが居並び、容赦ない詰問《きつもん》を続々と繰り出してくる。それだけでも十分苦痛なのに、その一部始終が、一般市民にも公開されているのだから堪《たま》らない。一部のマスコミが〝公開処刑〟と呼んでいるのも頷《うなず》けた。

そんな状況にも米野はまったく臆《おく》する様子を見せない。秋田が注意しても、彼は無視した。浅黒い肌に格闘技選手のような肩幅、そのうえ身長も一八〇センチ以上あるだけに、まるで熊《くま》のようで、広い体育館の中でも目立った。

もう前の審議は結論が出ているのに、マイクの前では、まだ納得がいかない審議官が粘っていた。

「お言葉ですが、議員。この事業は、日本の農村保護の観点から……」

「反論は受け付けません。既に結論は出たのです。次の方がお待ちです。速やかにお譲り下さい」

コメ太郎は大股《おおまた》で審議官に近づくと、ただでさえ大きい地声を張りあげた。

「さあさあ審議官、男らしくない。あなたの敵《かたき》は私が討って差し上げますから、どいたどいた」

屈辱の二重攻撃を受けた哀れな審議官は、憎悪《ぞうお》をたぎらせた目で米野を睨《にら》みつけてから、渋々席を譲った。

「まあ、せいぜいお手並み拝見といこうじゃないか」

恐縮するように道を譲る秋田に、審議官が嫌みをぶつけてきた。秋田はますます身を縮こまらせた。

「さてと、皆さん。お疲れ様です。長時間の審議、大変ですな。そこで、差し入れをご用意しました」

マイクを手にするなり、米野は勝手に喋《しゃべ》り始めた。仕分け人たちは、思いがけない展開に困惑していた。そんなことはおかまいなしに、室長は後ろに控えている糸居《いとい》係長に合図を送った。

〝だるまさん〟というあだ名の糸居係長がたすき掛け姿でニコニコしながら、クーラーボックスから紙パックのジュースを取り出すと、仕分け人たちに配り始めた。

「青森のりんご、山梨の巨峰、そして愛媛のミカンのジュースです。どれも果汁一〇〇%です。搾《しぼ》りたてのおいしさと、何より品質を保証しますよ」

「一体、何事ですかこれは」

〝必殺仕分け人〟は、糸居が手渡そうとしたジュースを乱暴に払いのけた。

「あっ」

会場の至る所から、声が漏れた。体育館にいる全員が注視していた。いや全国の国民が見ていた。「事業仕分け」はテレビのみならずインターネットでも生中継されている。

「先生、全国でも指折りの果物農家の奥さん方が、精魂込めてつくったジュースですよ。もう少し丁寧に扱った方が」

あちこちで失笑がおきた。顔を真っ赤にして早乙女が睨んでいる。いたたまれなくなった秋田の視線の先に、議員が払いのけたジュースのパックが転がっていた。

「ちょっと、失礼」

米野は巨体には似合わぬ素早い動きで〝ロ〟の字形に配置されたテーブルの下をく

ぐり抜けると、中央に転がっているパックを拾い上げた。そして、ハンカチを取り出してパックの汚れを拭《ぬぐ》ってから、早乙女に差し出した。その動作には無駄がなく、誰かが口出しする間もなかった。

「美容にもいいですから、ぜひ飲んでみてください。やみつきになります」

秋田は唖然《あぜん》としながらも、室長のパフォーマンスに感心していた。日本人離れした目鼻立ちの米野は、こういう派手な動作が似合うのだ。〝必殺仕分け人〟は完全に呑《の》まれていた。

早乙女議員は、渋面で紙パックを受け取った。

「そんな険しい顔をされてはダメですよ。美貌《びぼう》が台無しだ。一口飲んで気分をすっきりさせましょうよ。他の先生方もご遠慮なく。さあどうぞ」

まるで催眠術をかけられたように、座長以下全員が、ストローをパックに差し込んだ。

「ほお、これはなかなかいけますなあ」

最長老の経済学者が旨《うま》そうに飲みながら、パックをしげしげと見つめている。

「先生もぜひ。ビタミンCがたっぷりですよ」

早乙女議員は観念したように、ストローに口をつけた。

「おいしい」

反射的に出た言葉だった。秋田は、テーブルの下で拳《こぶし》を握りしめた。

米野はすかさずジュースを一つ手にして、テレビ中継用のカメラに向けて突き出した。もう一方の手には、答弁のために用意されたマイクを握りしめている。

「実はこれ、傷物や規格外の果物だけでつくったジュースなんです。いや、そんなものは珍しくないんですが、それに東大医科学研究所と共同研究したある栄養素を加えますと、ビタミン豊富かつ純国産、天然成分一〇〇%のビューティー・ジュースになります。本日は試作品を、早乙女先生はじめ仕分け人の皆様に飲んでいただきました」

「米野室長、勝手な発言は慎んでください」

慌てて早乙女が声を張り上げた。だが、時既に遅しだ。

「まあ、この仕分け作業で、ビューティー・ジュースの開発費用が廃止なんて憂《う》き目にあうと、国民の皆さんにはご提供できないんですがね」

「米野室長！」

「おかわりですか」

米野はジュースをもう一本早乙女議員の前に置くと、堂々とした態度で席に着いた。

会場全体が呆気《あっけ》にとられているのに、彼はどこ吹く風で資料を広げていた。

「お見事です」

秋田は小声で称賛した。米野は嬉《うれ》しそうにウインクを返してから、再びマイクを手にした。

「これで青果物健康食品開発事業費について、我々の申し上げたいことは言い尽くしました。ご判断をどうぞ」

「勝手に話を進めないでください。財務省の主計局担当官、審議の論点をお願いします」

政府と民間の仕分け人による、国の事業の見直しの場として設けられた〝事業仕分け〟は、〝お役所の無駄を省く場〟として期待されていた。だが実際に仕切っているのは財務省だった。彼らは派手なパフォーマンスをする政治家の陰で、予算編成を意のままにすることを目論《もくろ》んでいた。各審議の冒頭には仕分けの論点を指摘し、方針まで言い添えてリードするのも、すべて財務官僚がおこなっている。

「いや議員、ここは財務省との交渉の場じゃない。疑問や問題があるなら、仕分け人の皆様からおっしゃってくださいよ。それとも、財務省の司会進行がないと話が進まないんですか」

「失礼な！　これ以上、この場を冒瀆《ぼうとく》するのであれば、退室を命じますよ」

早乙女が感情的に叫んでいた。

「冒瀆だなんてとんでもない。だって、こんな不快な場所に、皆さんは八時間も缶詰になっているじゃないですか。一息ついていただくぐらいの配慮をするのは、公僕の使命です」

早乙女の激烈な視線をものともせずに、米野は落ち着き払って反論した。

「まあまあ、早乙女さん、いいじゃないの。じゃあ、米野さんとやら、一つ訊《き》かせてもらおうか。この事業の趣旨は、農家と大学が連携して国際競争力のある農産品を開発するというものだが、毎年三〇〇〇万円もの資金を四年間も投入したにもかかわらず、成果はゼロだそうだね」

さきほどジュースの味を褒めた老教授が、今度は嫌みたらしく訊《たず》ねてきた。

「五カ年計画ですから。来年度には商品化して、結果をご披露できるでしょう」

もちろん、そんな目処《めど》は立っていない。だが、米野が自信満々に断言すると、本当に実現するように聞こえるから不思議だ。

「四年かけても半端物《はんぱもの》しかできないのに、商品化を信じろと言われてもねぇ」

「早乙女先生、公衆の面前です。半端物などというご発言は、先生の品位が落ちますよ。さて、ご質問の趣旨ですが、だからこそ研究開発しているんです」

「来年商品化できなければ、一億五〇〇〇万円もの国民の血税をドブに捨てるわけね」

さっきまで切れ味鋭い弁舌で官僚を斬《き》り捨てていた早乙女とは思えぬほど、激情をむき出しにして嚙みついてきた。

「民間から仕分け人としてご足労戴《いただ》いている曙《あけぼの》電機の諸星《もろぼし》社長は、どう思われますか。御社のようなハイテク産業では、研究開発費は莫大《ばくだい》だと存じます。すべて製品化されているのでしょうか」

米野は早乙女の存在など忘れたように、別の仕分け人に質問を投げかけた。

「米野さん、いい加減になさい」

早乙女が遂《つい》に金切り声を上げた。会場に緊張が走ったが、指名された当人が振り切った。

「いや、これは私自身申し上げたいと思っていましたので、発言させて戴きます。ご指摘の通り弊社でも、毎年他社に先駆けた新製品の研究開発のために、億単位の研究開発費を投じております。しかし、なかなか全額回収は難しい」

米野は神妙に頷くと、老教授の方に向き直った。

「農産物をベースにした新商品を研究開発するという考え方自体、国がサポートして初めて可能になる試みです。しかも大学の学生諸君にとっても刺激的なチャレンジなんです。結論をお出しになるのは、時期尚早かと存じます」

そう締めくくって米野がマイクを置く前に、早乙女が仕分け人に採決を求めた。仕分け作業の判断は、原則的には仕分け人による多数決で決まる。

早乙女は集計された判定表をざっと眺めた後、隣にいた座長と協議した。その間は二〇秒ほどだった。

早乙女議員は、得意げにマイクを手にした。

「ならば学生に、より一生懸命取り組んでもらうために、インセンティヴ制に致しましょう。というわけで、この事業は、来年度は半額以下で。但《ただ》し、商業ベースに乗るだけの成果を上げたら、倍額のインセンティヴを払うということで、ご了承ください」

そんな勝手な判断がまかり通るのかと驚いたのは、勝利を確信していた秋田だけではなかった。仕分け人の大半が、意外そうに早乙女を見ていた。

「失礼ですが、早乙女先生。多数決の結果をお教え戴けませんか」

それまで米野の隣で沈黙を守っていた局長が遠慮がちに訊ねた。

「その義務はありません。この決定が私たちの総意です」

老教授が何か言いかけたが、それより先に座長が発言した。

「別に多数決だけが絶対じゃないんです。米野室長は、この事業が新しい試みだとおっしゃった。それで我々も新しい試みを提案した次第です。健闘を祈ります」

何なんだ、これは。こんなメチャクチャな話があるか。多数決が絶対でないなら、多数決で選挙を勝ち抜いたあんたらは何なんだ。

秋田は怒りが収まらなかった。米野の反撃を期待したのだが、彼はさっき順番を待ちながら落書きをしていた三人の政治家の似顔絵の下に、しきりにメモを書き込んでいた。

いたずら書きのように描いていたのに、米野の絵は玄人《くろうと》はだしだった。三者三様の特徴をうまく捉《とら》えている。

この人は本当に危機感がない、と秋田は呆れながら、米野のメモを覗《のぞ》き見た。そこには、各人の性格判断や、弱点や攻めるポイントなどが細かく書かれていた。

早乙女については、挑発に弱く、相手の話を聞かず、マシンガンのように主張する。相手のペースを崩した後、のらりくらりと躱《かわ》すのが肝要——などと書いている。

この公開処刑のような場を混乱させて、楽しんでいるだけのように見えて、実は相手を細かく分析していたのだ。その巧みなやり方に、秋田は目を見張った。この人を侮《あなど》ってはいけないと、改めて思った。

「反論しないんですか」

「やるだけ無駄でしょ。ここは最終的な予算決定の場じゃないんです。第一ラウンドはあれで充分」

その理由を尋ねる前に、仕分けは次の案件に移った。

「それでは、戦略的農産物支援基金、三〇億円」

2

戦略的農産物支援基金の実現は、米野室長の宿願だ。簡単に言えば、コメを中心にした農産物の国際競争力をつけるために、軌道に乗るまでの期間、価格支援を行う事業だった。

一件めの事業と異なり、米野はパフォーマンスをすることもなく、事業の必要性を簡潔に説いた。

曰《いわ》く——、日本の食料安全保障のために必要なのは、国際競争力のある良質な農産物を生産し、海外の農産物市場に輸出することだ。そのきっかけ作りのためにも、同事業は必要不可欠である。

だが、彼の考えは省内でも少数派だ。もっと言えば、忌《い》み嫌われているといった方が的確かもしれない。

農水省の基本方針は、四一%にまで落ち込んだ食料自給率向上のために、水田を転作して麦やトウモロコシ畑にする支援に力を入れ、自給率を上げるというものだった。

早乙女議員は、先の派手な演出とは打って変わった米野の戦法に、拍子抜けしたようだった。座長に促されてようやく、彼女は財務省主計局の担当官に向かって事業の論点について解説するよう求めた。

農水官僚から蛇蝎《だかつ》の如《ごと》く嫌われている担当官が、鼻であしらうような口調で解説を始めた。連中は仕分け作業直前に、出席者のみならず、傍聴者にまでご丁寧に「仕分けの論点」なるものを配付し、見直しの俎上《そじょう》に載せる根拠を、くどくどと説明するのだ。

「食料自給率向上という美名の下、過去に実績がないだけでなく、農水省の方針から逸脱した事業であると考えざるを得ません」

遠回しではあるが、予算を獲得するためには、なりふり構わぬ農水省の実態がここにあるとでも言わんばかりだ。

だが、米野は飄々《ひょうひょう》とメモをとり続けていた。

「これは議論する必要もない気がしますが」

早乙女があっさり採決を行おうとした時、米野は急に立ち上がり、白い歯を見せて笑った。

「では、満額要求通りということで、ありがとうございます」

「まだ、何も判定していませんよ。そもそも、あなたは私のコメントを曲解されています。私は逆の意味で、議論の必要なしと申し上げたのです」

米野は大げさなほどがっかりしながら座り直した。

「農産物が過去に輸出されたことはありますか」

経済アナリストが訊ねた。秋田は我が耳を疑った。経済アナリストが聞いて呆れる。〝必殺仕分け人〟を含め、余りにも不勉強な人が多すぎた。こんな人たちに国政の重要な判断を委《ゆだ》ねて、本当に大丈夫なのだろうか。

「明治維新以降の殖産興業を支えたのは、生糸とお茶、すなわち農産物です」

再び米野が人を食ったような発言をした。失笑があちこちで起きた。経済アナリストが不快感を露《あら》わにしている。相手が無能であっても、ここで怒らせるのは得策ではない――。秋田は不安になった。だが、米野は自信満々で続けた。

「現在の農産物輸出総額は、二八八三億円です。輸入総額が五兆九八二一億円ですから、ごくわずかと申し上げていいです」

「にもかかわらず、輸出支援の基金があるというのは、矛盾していませんか」

「トヨタのプリウスを輸出するのに支援基金を貯《た》めたら、お叱《しか》りもごもっともでしょう。しかし、自力では輸出が難しいから支援基金を用意する。シンプルだと思いますが」

仕分け人の数人が納得したように頷いている。

「可能性はどうなんですか」

「無限大です」

周囲の傍聴者たちから笑い声が上がった。

「何度も申し上げますが、米野室長、真面目《まじめ》に答えてください」

早乙女にとっては、こういう相手が一番やりにくいのだろう。また彼女の堪忍袋《かんにんぶくろ》の緒が切れたらしい。

「これは心外だなあ。先生、私は大真面目ですよ。では皆さんは、日本の農業が輸出産業の一翼を担《にな》うという発想には、可能性がないと」

「限りなくゼロに近いのでは。そもそも国際交渉の場で、農産物は関税によって常に保護されてきたのです。それを輸出だなんて、あり得ないでしょう」

「あり得ないところにこそ、ビジネスチャンスがある。先生がかつて在籍されていたゴールドバーグ・コールズ社の企業哲学ですよね。実は、我々もそういう発想を持つべきだと考えたわけです。事業の頭に『戦略的』とあるのも、そのためです」

いつのまに、そんなことを調べていたのか。確かに早乙女は外資系投資銀行出身で、その華やかなキャリアが同性からも支持されていた。彼女は二言めには外資的なドライな考えを持ち出して、日本の古い慣習を糾弾している。その当人の〝武器〟を逆手に取られて、早乙女議員は口をつぐんでしまった。

「まあ、抽象的な可能性を議論しても意味がないでしょう。室長、もう少し現実的なビジョンを示してくださいよ」

名誉挽回《ばんかい》とばかりに、先ほど米野にやり込められた経済アナリストが参戦した。米野は「現実的です」と返すと、秋田に目配せしながら話し続けた。

「かつてコメは日本人しか食べないから輸出できないと言われていました。コスト的な問題もあります。しかし、中国、インドが経済大国になろうとしているのです。聞けば中国は年収一億円以上の富裕層が五〇〇万人以上いるとか。一〇〇〇万円以上となると一億人に達するというデータもあります」

米野の解説とタイミングを合わせて、秋田は用意していたパネルを立てた。そこには彼の話を補足する図式が示されていた。

「ご存じのように、豊かさはまず物質的な欲望に表れます。中国は今そういう段階です。日本も高度経済成長時代に――」

「説明者は、訊ねられた質問にだけ答えてください。ここはあなたのパフォーマンスの場じゃない」

座長が苛立《いらだ》ちを隠さず吐き出した。

「今のお言葉は撤回してもらえますか」

米野はやんわりと、だが決然と反論した。

「何のことです」

「あなたがた政治家と違って、私の職責にパフォーマンスという分野はございません。このパネルは、なぜ今、農産物の輸出が必要かを、先生方皆さまにご理解いただけるようにご用意したものです。それを、パフォーマンスとおっしゃられるのは、心外です」

こういうことを、まったく怒りを込めずに返せるのもコメ太郎の凄《すご》さだった。低姿勢こそ役人の基本姿勢というスタンスを、この人は絶対に崩さない。

座長は気まずそうに唇を曲げた。それを早乙女が救った。

「あなたがどうおっしゃろうとも、私たちにはパフォーマンスとしか映りません。それはともかく、端的に何がおっしゃりたいんです」

「豊かになった中国やインド、そしてベトナムの富裕層はいずれ、自国のコメの味では満足できなくなる。日本のコメを一度食べたら病みつきになるのは、間違いありません。実際、我が部署が上海《シャンハイ》と北京《ペキン》で、ご飯の試食テストをしたら、絶賛されました。日本の輸出を自動車と家電製品だけに頼っていてはダメです。次世代の輸出の主力は、農産物、いえコメなんです」

「食料自給率が四〇%を割り込みそうな今、輸出という発想が理解できませんが」

鬼の首を取ったように早乙女議員が切り込んできた。秋田は、テーブルの下で両の手を強く握りしめた。相手が罠《わな》に掛かった瞬間だった。

「先生、食料自給率とは何です」

早乙女が、唖然《あぜん》とした。

「今さら何を言ってるんです」

「言葉足らずでした。食料自給率は、何をベースに算出しているかご存じですか」

農水族の議員なら、誰でも知っていることだ。だが、東京都選出で、婦人問題やワーキングプア問題に取り組んできた早乙女にとっては初耳だろう。彼女が農水のいろはも知らないと踏んでの問いだった。

「当然、自国でまかなえる農作物収穫量の割合でしょ」

「間違いです。現在の食料自給率は、カロリーベースなんです」

すかさず、秋田はもう一枚のパネルを掲げた。

「国民一人当たりの一日の消費熱量を分母にして、それぞれの品目を熱量換算する。これはね、国内の生産量とは関係ないんです。熱量の高いギョーザなんかを大量に輸入すれば、分母が大きくなって食料自給率は下がる。お分かりですか？　輸入高こそが、自給率を左右しているんです」

「その輸入をやめて飢えないためにも輸出など論外という発想に、間違いはないでしょ」

恐らく頭の中は大混乱しているであろう早乙女が果敢に攻めてきた。

「それがね、先生。輸入をやめると、食料自給率は一〇〇％になるわけです。にもかかわらず多くの国民は飢えるでしょうね」

局長が嫌な顔をした。実はベースを曖昧《あいまい》にして「食料自給率維持」を喧伝《けんでん》するというのは、農水省にとって予算獲得のための錦《にしき》の御旗《みはた》だったのだ。だが、現在の次官がこの考えを改めようという方針を打ち出したことで、米野は長年の自説を堂々と主張できるようになった。

「だから、水田を利用してトウモロコシや米粉用の米、小麦を作るように指示しているわけでしょ」

いかにも農政通のような口ぶりで、早乙女は突っ込んできた。知らないことを、さも知っているように言うのも、政治家の重要な才能だ。もっとも、米野相手にそんな薄っぺらなはったりは通用しない。

「小麦の世界標準の価格は、トン当たり約二〇〇ドルです。それが、日本は一二〇〇ドル以上します。しかも、残念ながら品質に劣る。荒本《あらもと》先生は香川県選出だったかと存じますが、名物の讃岐《さぬき》うどんの原料の大半は輸入品です。地元産の小麦より上質だからです」

米野が滔々《とうとう》とデータを述べると、一人の仕分け議員が顔を上げて渋々頷《うなず》いた。

「だからこそ、補助金をつけて良質の小麦を作るべきでは」

早乙女も負けてはいなかった。

「そういう努力も致しております。しかし、近年圧倒的な技術革新で小麦を輸出品にまで仕上げた英国ですら、上質のパンの材料はアメリカから輸入しているんです。早乙女先生のお好きなイタリアだって、パスタの原料である小麦を、年間七〇〇万トンも輸入しています。これは我が国より一三〇万トン多く、世界三位です」

「何がおっしゃりたいんです」

「作物は工業製品と異なり、産地によって品質が大きく左右されます。小麦やトウモロコシで、国際的な品質、そして価格競争に勝つことは、当面は無理です。デフレが取《と》り沙汰《ざた》されパンやパスタの小売り価格が下がる中で、一円でも安価で良質な原料が求められていることを勘案しても、国益に反します」

早乙女は自らの知識不足を露呈しただけではなく、政策の矛盾をさらけだしてしまった。会場は静まり返った。

「説明人は、話を脱線させないでいただきたい。我々が訊ねているのは、なぜ、コメを輸出するための基金が必要かということです」

座長が苛立ったように口を挟んできたが、米野は平然と即答した。

「本当の意味で、この国の食料がなくなるかも知れないという時に備えるためですよ」

「意味不明！」

早乙女が叫んだ。

一斉にシャッターが切られたのは、彼女が追い詰められているとマスコミが判断したからだろう。米野は嬉《うれ》しそうに口を開いた。

「輸出できるほど良質な米を大量生産すれば、不測の事態にも備えることができます。つまり、先生方がご心配されている食料安全保障問題も解決するわけです。たとえ輸入が停《と》まったとしても、輸出用のコメを国内に回せばいいわけですから。しかも供給過剰問題も一挙解決することになる。私は、そう確信しております」

3

農水省の本省がある霞ヶ関《かすみがせき》の中央合同庁舎第一号館は、沸き返っていた。エレベーターを待つ間も、次々に職員が米野を称《たた》えた。

「いやあ、胸がすく思いでしたよ。早乙女の茫然《ぼうぜん》自失の顔がたまりませんでした」

「まさに仕分け人キラーですね。さすがコメ博士」

そう言われても、米野は不機嫌そうに眉《まゆ》をひそめたまま聞き流していた。あそこまで追い詰めながら、結局、事業は「廃止」と判定されたからだ。

エレベーターに乗り込み二人きりになると、秋田はずっと胸の中で蟠《わだかま》っていたことを訊《たず》ねてみた。

「政治って何なんでしょうか」

「権力者が、己《おの》が力をひけらかす場だ」

米野は当たり前のように断言した。彼の怒りがひしひしと伝わってきた。

「教科書では違うことを教わりました」

「教科書は、社会の本当の姿を教えない」

「じゃあ、何を教えるんです」

「難しいことは偉い人に任せるのが、一番幸せという幻想だ」

秋田はバカにされていると思った。

「では、今の日本には、任せるに足る〝偉い人〟がいないってことですね」

そう言ったら米野が高笑いした。やっぱりこの上司はつかみどころがなさすぎると呆《あき》れた時、エレベーターの扉が開いた。

二人は再び歓声に包まれた。職員が総出で米野の健闘を称えた。それも適当にあしらうと、米野は足早に自室に入った。

あまりの素っ気なさに、秋田が代わりに愛想笑いを振りまいた。彼女が米野の部屋に入ると、彼は行き倒れたようにうつぶせになって、ソファで寝そべっていた。

「室長、大丈夫ですか」

「疲れた。少し寝るよ」

「お疲れなのは分かりますが、大臣への報告を済ませてからにしてください」

慌《あわ》てて揺り起こそうとした秋田の手を、米野は邪険に払った。

「あのクソ女の顔なんて、見たくもないよ」

鮫島和代《さめじまかずよ》農水大臣は、早乙女議員以上にエキセントリックだった。米野がうんざりする気持ちは分かる。だが、これもまた職責なのだ。

「そうおっしゃらず、嫌なことはさっさと済ませましょうよ」

秋田が宥《なだ》めすかすように覗《のぞ》きこんだ瞬間、米野の閉じていた目が開いた。長いまつげと大きな黒目のために、見つめられると大抵の女性は胸騒ぎを覚える。秋田もドキッとして、彼から離れた。

「何ですか、いきなり」

「一《かず》ちゃんはえらいよなあ。僕は、スカーレット・オハラ派だから、嫌なことは明日、考えることにしているんだよ」

「室長ったら！」

だが、米野は構わず背中を丸めて寝息を立て始めた。いつでもどこでもすぐに寝入ることができるのも、米野の才能の一つだ。

秋田が途方に暮れていると、勢いよくドアが開いて、三揃《みつぞろ》いのスーツのボタンをすべて留めた馬場《ばば》敏郎《としろう》副大臣が飛び込んできた。

「いやあ、博士。お疲れ様です」

何事も大袈裟《おおげさ》で過剰な副大臣は、喜色満面を地で行くはしゃぎようだった。

「よお、敏郎君。見てくれたの」

米野がのっそりと身を起こし、眠そうに言った。

「ばっちり、拝見しました。あの早乙女の慌てふためきよう。座長までバカ丸出しでしたね。さすが、博士だ。僕も見習わないと」

三五歳と若いせいもあるが、この副大臣は軽すぎる。父親が農水官僚出身の議員というわゆる二世だが、父とは異なる党から出馬し、先の選挙で二期目の当選を果たした。父親と米野が親しかった関係で、子どもの頃から可愛《かわい》がられ、米野の弟子と言ってはばからない。

「まあ、敏郎君には僕のような芸当は無理だな。僕は大学時代、小劇場の座長を務めたほどの芸達者だからね」

公式な場と違い、普段の米野の態度に謙虚さは微塵《みじん》もない。

「それにしても、あのクソ女、あれだけ丁寧に説明してやったのに戦略的農産物支援基金を潰《つぶ》しやがって、今度お歳暮に鶏糞《けいふん》贈ってやるよ」

米野の罵詈《ばり》雑言《ぞうごん》は絶好調だ。今のクソ女は、大臣ではなく早乙女議員のことらしい。

「そのあたりは、僕が党に帰って、追及しますから」

どこか他人事のように振る舞う副大臣に、秋田は黙っていられなくなった。

「絶対ですよ、副大臣。あんな理不尽がまかり通ってしまえば、私たちは何のために必死で働いているのか、分からなくなります」

出過ぎた真似《まね》だと承知の上だが、言わずにはおれなかった。馬場は意外な伏兵に驚いたようだったが、神妙に頷いた。それでも、秋田は収まらなかった。

「官僚排除って、みなさんおっしゃいますけど、官僚がいなかったら、だれが国の行政を遂行するんですか。確かに官僚にも問題はあるでしょう。でも、室長のように真剣に、日本の農政に心を砕いている官僚だっているんです。そんな人の気持ちを踏みにじらないでください」

馬場は申し訳なさそうに、項垂《うなだ》れてしまった。

「期待しているよ、副大臣。どうだね、今日はもうくたびれた。パーッと打ち上げしようよ」

すっかり意気消沈した副大臣に、米野はハッパを掛けた。

「その前に、大臣がお呼びなんですよ」

秋田は勢いよく立ち上がった。

「さ、室長、参りましょう。その後でいくらでも、おいしいビールで乾杯させてあげますから」

秋田が大臣室の前まで米野を引っ張っていくと、官房長が待ち構えていた。

「大臣は、ご機嫌斜めです。おっしゃりたいことはあるでしょうが、自重してください」

将来の事務次官候補ですら、米野には敬語を使う。数カ月とは言え、毎日米野と顔をつきあわせている秋田には、その理由が何となく分かる。都会育ちの上品な官僚が多い中、米野は一人、山から下りてきたばかりの野生児だった。彼がそこにいるだけで、都会人は畏《おそ》れを抱く。理屈ではなく本能的に、生命力の違いを感じ取るからではないだろうか。

「まあ、ミズ・シャネルはいつも怒ってるからなあ。分かりました、肝に銘じますよ」

口とは裏腹に、米野は普段と変わらず胸を張り大股《おおまた》で官房長に続いた。部屋に踏み込んだ途端、大臣室に充満した張り詰めた空気を感じた。あまりにぴりぴりするので息苦しいほどだ。

「あら、天下の大根役者のご登場ね。素晴らしいパフォーマンスでしたね」

これ見よがしに下唇を噛んで、パフォーマンスのfを強調した大臣は、白地に金の刺繍《ししゅう》が入ったシャネルスーツを着ているが、もちろん似合っていない。

大根役者は彼女の方だと思いながら、秋田は神妙に項垂れて、米野の背後に隠れた。

「はて、何のことでしょうか」

米野は悪びれもせず訊ねた。彼には本当に心当りがないのだろう。少年のようにきょとんとしている。

「あのクソみたいな事業仕分けに、決まっているじゃない」

「大臣、そんなはしたない言葉をお使いになったら、シャネルのスーツが泣きますよ」

「お黙りなさい！　よくもあんな恥っさらしをしてくれたもんです」

「あいすみません、私は連日、恥のかきっぱなしでございまして、何を指してのお叱《しか》りか、分かりかねます」

米野はロマンスグレーの頭を掻《か》きながら、あっけらかんと惚《とぼ》けた。

「大仰な芝居を打ったかと思ったら、あろうことか、我が省の生命線である食料自給率を蔑《ないがし》ろにする発言。私は、世間のいい笑いものです」

「人間、他人《ひと》様に笑っていただいてなんぼですよ。笑う門には福来たるとも申します。いずれにしても、作戦は大成功です」

「何を口から出任せを言ってるんです」

さらにヒステリックになった大臣の怒りなどものともせずに、米野室長は大臣官房報道官に向き直った。

「国民の皆さんから、さっきのジュースに問い合わせが殺到していませんか」

いきなり訊ねられた広報官は、嫌そうな顔をした。

「おっしゃるとおり、もう交換台の電話はパンク寸前だそうです。どこで販売しているんだとか、試供品を手に入れる方法はないのかなど、大騒ぎですよ」

米野はさもありなんと頷いて、大臣に作戦の説明を始めた。

「テレビとインターネットで中継されている場でビューティー・ジュースをPRする

と、どういう反応があるかと思ったんですが、想像以上でしたな。これで、予算半減なんぞという冗談を言えなくなります」

「何を言ってるんです。あなたが仕分け人をバカにしたせいで、半額査定だったじゃないですか」

誰も勧めていないのに、米野は勝手にソファに腰を下ろした。

「あんな法的拘束力もないお遊びなんて、気にする必要はありませんよ。大臣、むしろ今すぐ会見を開いて、この反響をアピールしてくださいよ」

「何をバカな、党の方針に背《そむ》くようなことができますか」

鮫島大臣は、元祖〝恩田ズエンジェル〟と呼ばれている。〝恩田ズエンジェル〟とは、今年秋の総選挙で大量に当選した女性議員を指す。鮫島大臣は、恩田幹事長に心酔し政策秘書を務めた後、広島から衆議院選挙に立候補し、わずか三二一票差で当選を果たしたのだ。以来、幹事長の政策の伝道者として財界の根回しに尽力してきたのだという。農水相としての就任は、いわば彼女の滅私奉公に対する〝ご褒美《ほうび》〟だそうだ。それだけに、彼女にとって、恩田と党の方針は絶対だった。

「何が党の方針です。大臣、あなたは今や農林水産省二万六〇〇〇人の頂点なのです。その自覚をお持ちください」

「官僚風情《ふぜい》が、聞いたふうな口を叩《たた》かないで頂戴《ちょうだい》！」

恫喝《どうかつ》することこそ、威厳の証《あかし》だと大臣は思っているようだ。だが不思議なもので、声高に喚《わめ》き散らす者ほど、組織での存在は軽くなる。むしろ米野のように柳のようにしなやかに相手の怒りや非難を躱《かわ》す知恵者に、尊敬が集まるのだ。大臣ともあろう者が、なぜこんな簡単な道理に気づかないのだろうか。

「出過ぎた真似でした。では、これを」

いつの間に忍ばせたのか、米野は例のジュースを、背広のポケットから取り出した。

「ご存じかと思いますが、このりんごジュースは、幹事長の地元青森津軽産です」

急に大臣の態度が変わり、まるで宝物を手にするように両手でジュースを受け取った。

「このジュースを成功させるということは、恩田幹事長を喜ばせることにもなります」

米野を睨《にら》みつけながらも、大臣は紙パックを恩田からのプレゼントのように大事そうに持っている。

「さらに食料自給率の問題につきましては、そもそもああいう愚かな計算方法を指示したのは、前政権です。我々は正しい農政を貫く。それが大臣の就任の際のお言葉だったかと存じます。本日の私の言及は、その一環であると自負いたしております」

「そんなことは、あなたに言われなくても分かっています。しかし、何もあんな物議を醸《かも》すような派手な真似をする必要はなかったでしょう」

大臣のトーンは、随分と収まってきた。大臣室に集まった者たちにも、安堵《あんど》が広がった。

「あいすみません。別に派手な真似を意図したわけではありません。しかし、そのお陰で思わぬ副産物も得られました」

米野はのらりくらりと話の方向を変えた。

「何なの」

米野は皆に着席を促した。大臣はりんごジュースを後生大事に持ちながら、米野の正面に腰掛けた。

「早乙女先生は、コメの輸出を国民の面前でバカにしました。しかし、明日のAPECの夫人晩餐会《ばんさんかい》で大恥を掻くことになります」

明後日から、APEC（アジア太平洋経済協力）首脳会議が横浜で開催される。明日は、首脳夫人だけを集めた晩餐会が予定されているのだが、米野が頑張って、晩餐会の食材の手配を農水省食料戦略室が担《にな》うことになった。

早乙女をライバル視している鮫島大臣の目つきが変わった。

「早乙女議員も、明日の晩餐会にはご出席されますよね」

早乙女が晩餐会の司会進行を担当すると聞いている。

「晩餐会の冒頭、戦略室で開発した極上の米でつくったおむすびをご提供します。ご夫人方から絶賛されることは間違いありません。その席上で大臣、ぜひおっしゃってください。皆様は今、次の日本の輸出の切り札をご賞味くださいました、と。さらに、そのプランを昨日、ある心ない議員から潰されそうになったのですが、皆様の本日の反応を手みやげに、復活折衝に臨みます、と宣言なさるんです。そうすれば、早乙女の鼻をあかしてやれます」

そんなに、うまくいくものか。

秋田だけではなく、大臣も同じことを思ったらしく、怪訝《けげん》そうに米野を見つめていた。

「あなたの思い通りになんていかないわよ」

「鳴かぬなら、鳴かせてみようホトトギス。大丈夫です、何も神頼みしているわけじゃない。必ず、奥様方は膝《ひざ》を打っておいしいとおっしゃいますよ。第一、大臣もご試食なさったじゃないですか」

そのコメの名は、太郎七号と花子八号。米野が鳥取大の農学部時代にコシヒカリに負けない味でありながら、収穫高も見込める品種として開発したものらしい。秋田も試食したことがあるが、確かにべらぼうにうまいコメだった。ただ、伝染病や害虫などに弱いという弱点があった。さらに、北海道や秋田、山形といった大穀倉地帯で栽培すると、不思議と味も収穫量も落ちるという欠点があった。

博士課程に進んでからも、彼は太郎と花子の研究を続け、大規模地区でも栽培可能な品種改良に成功したと言われているが、なぜかそれは商品化されず、米野は大学院を中退して農水省に入省した。

「確かに、太郎と花子は絶品です。でも、コメの味が、外国人に馴染《なじ》むかしら」

「大臣、APEC参加国の大半はアジアや南アメリカの人たちですよ。彼らはライスを食します。仕分け作業でも申しましたが、中国とインド、さらに、ベトナムの金持ち連中には、絶対にヒットします」

鮫島はまだ半信半疑だった。

「いずれにしても、私が恥を掻くような真似はやめて頂戴。特にあの女は、私の揚げ足を取ることに生き甲斐《がい》を感じている。なのに、あなたがあんなに虚仮《こけ》にしたら、私の差し金だと思われるじゃないの」

「何をちっちゃいことを気にしているんです。大臣と早乙女ちゃんとでは、器が違います。あんな女をライバルだなんて思っちゃいけません。スピッツは鳴かせておけばいいんです。強い犬は滅多なことでは鳴きません。もっと大人物になってください」

本当に煽《おだ》て上手だった。つい先ほど「あのクソ女」と呼んでいた相手を、ここまで持ち上げられる米野に、秋田は尊敬の念すら抱いた。

「そうね、確かに。あの娘《こ》と私とじゃ格が違うわね。分かった、気にしないわ。とにかく明日はお願いしましたよ」

すっかり機嫌を直して、大臣は米野に握手すら求めた。大臣の右手を両手で握りしめながら、米野室長は言った。

「歴史に残る事業を致しましょう。農商務省時代を含めても、コメを戦略的な輸出産品にした大臣は誰もおりません。このプロジェクトが成功すれば、大臣の名は歴史に刻まれるでしょう」

鮫島大臣の視線が遠くを見ていた。自身の栄誉を計算しているのだろう。

翌日の晩餐会で、米野の予言は的中した。ファーストレディたちは会の冒頭に出された花子八号のおむすびを絶賛し、メインのフランス料理が生彩を欠くほどだった。

鮫島は満面の笑みでおむすびの背景を説明し、最後に、このプロジェクト事業を廃止と判断した愚か者がいたことを嬉々《きき》として述べた。もちろん、反応は期待通りで、早乙女の悔しそうな表情は見物だった。

晩餐会の後片付けをしながら、秋田が「成功してよかったですね」と言うと、米野は、「当然の結果だよ」と返してきた。

「簡単な仕掛けさ。ご夫人たちは、スケジュールの都合で昼食をロクに取れなかった。さらに、午後には、たくさん歩いてもらった」

「つまり、空腹のあまり、何を食べてもおいしく感じるってことですか」

コロンブスの卵だった。

「それだけじゃないさ。出席者全員のお好きなものを献立の参考にと言って、事前に調べた。それをおむすびの具にしたんだ」

相手のことを徹底的に研究する――。ここでも、米野の手法が生きていた。

「今日はね、厨房《ちゅうぼう》に新潟、山形、それと京都の飯炊《めした》き名人とおむすび名人を集結させたんだ。いくら良いコメを使っても、炊き方を間違えれば台無しだ。さらに、おいしいおむすびってのは、握り方にも技がいる」

秋田の目の前に、おむすびが差し出された。

「ちょっと冷めちゃったけど、食べてみて」

しっかり握られているのに、ふんわりとしたおむすびだった。コメは本来こんな味なのか、と思うほどの風味があった。夢中で頬張ると、中からイカの塩辛が出てきた。

「あっ！　どうして？」

何はなくてもイカの塩辛というほどの好物だと、なぜ米野は知っていたのだろうか。

「北海道産の剣先イカだ。旨《うま》いだろ」

秋田は無性に嬉《うれ》しくなって、おむすびを頬張った。

その数日後、彼ら二人は、大臣から夕食に誘われた。

4

入省して以来、大臣から夕食に招かれたことなど一度もなかった。そのため、秋田は昼過ぎから気もそぞろだった。一方の米野は、いつもながらのマイペースで仕事をこなしていた。

紀尾井町にある料亭は、政治家の密談場所としても有名な店だった。二人が到着した時には、既に副大臣の馬場が待ち構えていた。

「お疲れ様です。鮫島先生も奮発しましたね。今日は、フグ三昧《ざんまい》みたいですよ」

相変わらず副大臣らしからぬ軽さの馬場は、嬉しそうに二人を上座に誘った。

「いや、敏郎君。それはダメだ。招待はしてもらっても、上座は鮫島先生にお譲りしましょう」

そう言うと、米野はさっさと入口に近い側に胡座《あぐら》をかいた。馬場は暫《しば》し困惑していたが、言い出したら聞かない米野の性格を思い出したらしく、隣に腰を下ろした。

遅れること二五分、鮫島と菅谷副大臣が同時に到着した。

「お待たせしてごめんなさい」

鮫島大臣はいつになく笑顔を振りまいていたが上座が空いているのを見ると、眉《まゆ》をひそめた。

「馬場先生、今日はお二人が主客だと言ってあったはずです。私がご招待したのよ」

「私もそう申し上げたのですが、米野室長は、ここでいいとおっしゃって譲りません」

癇症《かんしょう》な声でなじられておろおろする馬場副大臣に、米野が助け船を出した。

「大臣がそちらに行っていただかなければ、私が落ち着きません。どうぞ、上座へ」

そう言われると鮫島は、あっさりと示された場所に腰を下ろした。結局、この大臣は、官僚はかしずくものだと思っているのだ。

「さあさ、今日は思う存分、楽しみましょうね。このフグは下関直送の天然物ですから、とてもおいしいはずですよ。まあ、ご飯は花子八号には及ばないでしょうけれど」

大臣はご満悦で、コメに敬意を表して日本酒で乾杯した。APECの夫人晩餐会での成果が、彼女にとって余程嬉しかったのだろう。夫人たちからの讃辞だけでなく、総理や幹事長にまで褒めてもらったと滔々《とうとう》とまくし立てた。米野も素直に相槌《あいづち》を打ち、時に大臣を持ち上げたりもした。

「聞くところでは、米野さんは事務次官よりも年上だそうですね」

鍋《なべ》が用意される頃にはすっかり赤ら顔になった大臣が、米野に尋ねた。

「同期なんですが、私は博士課程中退なもので、三歳ほど年上です」

「キャリアの同期が次官になると、本省を去るのが普通なのに、珍しいわね」

大臣は聞きにくい話題を平気で口にした。

「まあ、私の場合、どこももらい手がないので、いさせていただいている次第です」

「いえ、大臣、室長はそう謙遜《けんそん》しておりますが、歴代の大臣が米野室長を放さないんですよ。コメの権威であるだけではなく、とにかく困ったときには頼りになりますから」

どちらが政治家か分からないようなお追従《ついしょう》を馬場副大臣が口にすると、鮫島はもっともだと言うように頷《うなず》いた。

米野がまた変なことを言わないかと冷や冷やしつつも、秋田は食べることに専念していた。ただ一つ気になったのが、菅谷副大臣がずっと押し黙って一言も話さないことだった。

馬場とは対照的に紳士然とした菅谷は日銀出身の参議院議員で、優秀らしいが冷たい印象があった。この夜も、米野と鮫島のやりとりにまるで関心を示さず、無表情に聞いているばかりだった。ただ、馬場が調子に乗りすぎて米野を持ち上げた時だけ、不愉快そうに口を歪《ゆが》める。

「ところで、大臣。無粋ではあるのですが、こんな機会は滅多にないので、ひとつお願いがあります」

突然、米野が改まって正座した。

不意のことに、秋田は面食らった。そんな心積りなど、一言も聞いていない。米野は酒豪なだけに、酔ったわけではなさそうだった。ただ、今まで秋田が見たこともないような、思い詰めた表情が気になった。

「なんですか、改まって」

「戸別補償制度の件です」

正式名は農業者戸別所得補償制度で、新政権が掲げる目玉事業の一つだった。一言で言えば、販売価格が生産費を下回る農産物を生産した農家に、差額を支払う制度だ。

鮫島は杯を手にしたまま小さく頷いた。

「なかなか枠組みが固まらず、皆さんにはご迷惑を掛けています。でも、あと少しで細部が固まりますから」

「あれは、ぜひやめて戴《いただ》きたい」

大臣はびっくりして目を見開いた。

「何を言っているんです」

「大臣、あれは日本の農業を衰退させます。ぜひ考え直してください」

一歩も引かないような威圧感が、米野の口調にはあった。

秋田はどうすればいいか分からず、馬場に救いを求める視線を送った。だが、馬場も動揺しているらしく、米野を見つめるばかりだった。

「米野君、もう少し言い方に気をつけたまえ。あの制度は、日本の農家を守るために必要不可欠なものなんだ」

初めて菅谷副大臣が口を開いた。彼一人が驚きもせず、冷静に米野をたしなめた。

「いや、先生。お言葉ですが、あれは減反以上の悪制度です」

「お黙りなさい！」

感情の起伏の激しい鮫島が、ヒステリックに叫んだ。

だが、米野は平然としている。大臣を見据えた目は、瞬《まばた》きすらしていない。

「先生方が考える農家とは何ですか」

「何を青臭い。農家こそ日本社会の礎《いしずえ》であることは、あなたと私の共通理解じゃないですか」

「菅谷先生は、いかがですか。日本の農家とは何を指すのです」

「全国で、農業事業に従事されている九五〇万人を指すに決まっている」

「それは農協に口座を持っている准《じゅん》組合員を含めた数でしょう。日本の農業就業人口は、二六〇万人です。しかも、実際農業だけで生計を立てている主業農家は、諸説ありますが、そのうちせいぜい二割です。私たちが守り支援するべきは、この二割、五八万人農家です」

「そんなこと、今更あなたに言われなくても分かっています。戸別補償は、買い取り価格の下落で赤字に喘《あえ》ぐ農家を救う制度なんですよ」

鮫島は何も分かっていない。

コメを取り巻く環境は、年々厳しくなっている。

一九九五年に食糧管理法、いわゆる食管法が廃止となってから、コメの買い取り価格は下落の一途を辿《たど》るばかりだった。一九八〇年代半ばの政府買い入れ米価が一俵当たり一万八六六八円という史上最高価格をピークに、現在は一万四〇〇〇円を切っている。一方の生産コスト平均は約一万七〇〇〇円にも上る。すなわち、一俵当たり三〇〇〇円も赤字になる計算だ。戸別補償は、その赤字を補塡《ほてん》しようというのだ。

これにはトリックがある。米作農家と一言で言っても、全体所得の八割以上を米作収入が占めている農家は、わずか二〇〇〇戸しかない。米作農家は一四〇万戸もあるにもかかわらずだ。その七割は、年間数万円から一〇万円程度の所得しか上げていない。

では、彼らが生活に窮しているかといえば、そうではない。彼らの大半は兼業農家で、総所得は平均で五〇〇万円前後もある。これは農水省勤続四年目の秋田より高収入なのだ。

「大臣、なぜ兼業農家にまで、赤字分を支払うのです。しかも、現状では、減反している農家にも支給を予定されているとか。それはコメを作らない連中を奨励するようなもんだ。こんなことをしていたら、真面目《まじめ》にコメを作る者なんてあっという間にいなくなってしまいます」

鮫島大臣は、腕組みをして鼻を鳴らした。本気で怒っている――秋田は恐しくて、ひたすら手元を見つめていた。

「米野さんは、兼業農家を侮辱するのですか。彼らはサラリーマンとして働く傍ら、先祖代々の田んぼや畑を必死で守っているんです」

「よしてください、そんな浪花節《なにわぶし》。もちろん兼業農家のすべてを否定はしません。真面目に農業に励んでも収入が少ないために働きに出ている人は救いたい。しかし、大臣が本気で食料自給率を向上させたいと思われるなら、片手間農家はすべて農家の枠から放り出すべきです」

「君、この制度に一体いくらの予算を獲得しようとしているのか分かっているのかね」

菅谷が蔑《さげす》むような言い方をした。日銀出身者らしい発想だなと、秋田は思った。農水省は、年間予算三兆円を守り続けている。省内には、予算死守こそ農水官僚の使命だという者までいる。

「五〇〇億円台後半と聞いています。軌道に乗れば、一兆円規模ですね。それだけの予算があれば、もっと戦略的な農業政策がいくらでも打てます」

「また、君が言う農産物輸出かね。あんな与太話のどこに現実性があるんだね」

粘着質な言い方に、秋田は不快感を覚えた。だが、米野は怯《ひる》まなかった。

「いや、菅谷先生。現実性を生み出すことが、我々農水省の使命だと、私は考えているんですよ。先日のAPECでの成果が、その端緒じゃないですか。しかし、その一方で日本の農業の弱体化を後押しするような制度があっては、本末転倒です」

大臣は握りしめた猪口《ちょこ》で、テーブルを小刻みに叩《たた》いていた。

このままだと、大臣の怒りを買うだけだ。しかし、そんなことは米野だって百も承知に違いない。秋田は成り行きを見守るしかなかった。

「大臣、私からも再考をお願いしたいと思います」

ついに堪えきれなくなったのか、馬場がとりなそうとした。だが逆効果だった。

「馬場君、君はそれでも我が党を代表する農水族なのかね。戸別補償を約束して、我々は多くの支持を得たんだ。なのにこんなコメ狂いの男の口車に乗せられて。恥を知り給《たま》え」

あっさり菅谷の返り討ちにあい、馬場は俯《うつむ》いてしまった。気が付くと大臣が冷めた目で、米野を見つめていた。さっきまでの酔った目ではなかった。

「米野さん、これは党のマニフェストとして掲げられたものです。私たちは、このマニフェストを守る義務がある。何度も言うように、あなた方は考えなくて結構。ただ、決められたことを滞りなくやってくれればいいのよ」

「大臣、失礼を承知で申し上げますが、マニフェストなんぞ、破るためにあるんです」

「なんてことを！　今すぐ撤回しなさい」

「戸別補償制度は、国を滅ぼします。そういう役回りで、歴史に名を残されるのですか」

一体どうしちゃったんだろう。秋田には、米野の態度が解《げ》せなかった。もっとしなやかにしたたかに、自分の思い通りに人を動かすのが米野の真骨頂だ。なのに、今夜に限って真っ向から正論をぶつけている。しかも、大臣の堪忍袋《かんにんぶくろ》の緒はとうに切れているというのに、気にもしない。

いつもの米野なら、このあたりで落としどころを考えて駆け引きを始めるタイミングのはずだ。

「米野さん、あなたは、日本のコメを守りたいんじゃないの」

「おっしゃるとおりです」

「ならば、戸別補償制度がその最良の方法でしょう」

演説をするように大臣の右手が上下に振り下ろされた。

「ですから、何度も申し上げているように、大臣にとって、農家とは何ですか。片手間に田んぼを耕して身内だけに米を送るような人を、農家と呼んでいいんでしょうか」

遂《つい》に鮫島は説得を諦《あきら》めたように、口をつぐんでしまった。グツグツと煮立つ鍋の音が、耳障《みみざわ》りに響いていた。

米野はなおも続けた。

「農水省は、農業と農家を守るためにあるんです。本来それは同じ意味だったはずです。農業に従事している人を農家と呼ぶ。なのに、実際は片手間で農業をしている人ばかりが、なぜ手厚く守られるんでしょうか」

菅谷は既に議論する気がないかのように、手酌で酒を飲んでいる。一方の馬場は、ずっと項垂《うなだ》れたままで、膝《ひざ》の上の手は震えていた。秋田からすれば奇跡と思えるほど、鮫島は我慢強く耳を傾けている。

「それは、失礼ながら、選挙の票のためですよね。兼業農家を含めた農家の票田は実に大きいですから」

「何を失礼な！　あなた、私を侮辱する気なの！」

鮫島の怒声と同時に、鍋が吹きこぼれた。秋田は慌《あわ》てて席を立って鍋の火を消した。震えが止まらなかった。

米野は酒を杯に入れてあおると、穏やかな口調で大臣に尋ねた。

「大臣は、米一俵の重さが、いくらかご存じですか」

「えっ」

肩すかしを食って鮫島は戸惑ったようだ。菅谷は軽蔑《けいべつ》するように、舌打ちした。

「六〇キロです。その値段が、どんどん安くなっている。なぜなら供給過剰だからです。だから減反をしろという。それは間違っている。片手間で米を作っている農家への保護をやめるべきなんです」

もっともな意見だと秋田は思う。今夜の米野の主張は理路整然としている。ただ省の伝統から外れているだけだ。

「なぜ、経済通で都市部から選出された先生が、大臣になられたと思いますか」

大臣は睨《にら》みつけたまま答えなかった。

「あなたなら、長い間続いたこのくびきを切れると幹事長がお考えになったからではないでしょうか。農村にしがらみのない大臣だからこそ、勇気を持って英断できる。

そう考えての抜擢《ばってき》だったかと存じますが」

「ちょっと調子に乗りすぎじゃないかしら。あなた、何様なの。そこまで言った以上、それなりの覚悟もあるのでしょう。今夜は、あなたに大臣補佐官になってもらおうと思ってやって来たのに、とても残念です」

「それが国のお答えですか」

米野は小バカにするように吐き捨てた。

鮫島は暫《しばら》く黙っていたが、突然、勢いよく立ち上がった。菅谷がそれに続いたが、馬場は身じろぎもしなかった。米野が見送ろうとするのを、鮫島は拒絶した。

「じゃあ、秋田君、よろしく頼む」

急に指示されても、秋田の足は痺《しび》れて動けそうになかった。だが歯を食いしばって、案内に立った。

「何を考えているの、あれは」

廊下に出るなり、鼻から炎でも噴き出しそうな勢いで、鮫島は怒りをぶちまけた。

「身の程知らずの男として有名だったようです。その結果、切れ者でありながら、皆に煙たがられる。哀れな男です」

菅谷はそう言うと鼻で笑った。

「失礼を承知で申し上げます。米野室長は、大臣にとって必要だと思います」

二人の前を歩いていた秋田は、思わず声を張り上げてしまった。あんまりだった。

米野は誰よりも農業を愛しているんだ。

背後で、鮫島が立ち止まったのが分かった。秋田は怯《おび》えと闘いながら、気持ちを強く持って振り返った。

「上司思いも結構だけれど、あなたも身の程を弁《わきま》えなさい。今の話は、聞かなかったことにしてあげる」

それだけ言うと鮫島は、立ち尽くしている秋田の脇《わき》をすり抜けた。

「大臣、ＡＰＥＣでの出来事を思い出してください。米野は画期的な発想で、農水省の評価を高めたではないですか」

秋田は必死で追いすがった。

「何を小賢《こざか》しい。官僚風情《ふぜい》に何ができます。この国を希望へと導くのは、私たち政治家の役目です。あなたたちは縁の下で支えればいいんです」

身も蓋《ふた》もなかった。同時に、こんな言われ方をするために、自分も米野も骨身を削ってきたわけじゃないと思った。

菅谷の声が耳元で聞こえた。

「君もキャリア官僚の端くれだろ。ならば学ぶことだ。良き官僚とは、変わり身の早さと要領を身につけた者を指す。必要なのは正論じゃない。処世術だよ」

先を歩いていた鮫島が、声高に突き放した。

「ここで結構よ。あなたも散々だったわね。あんな上司じゃあ、もう将来はないと思いなさい」

慌てて飛んできた女将《おかみ》に二人を託して、秋田は頭を下げた。

5

なぜ呼び出されたのか分からないまま、秋田は茨城県利根川流域の水郷地帯に立っていた。

戦略農産物研究センター。ここも、先の仕分け作業で「廃止」の烙印《らくいん》を押された施設だった。

一二月とあって色彩には乏しかったが、見渡す限りの黒土が小春日和《びより》のなかで輝いて、土の香りを漂わせていた。

「ここは初めてだろう。もしかすると見納めかも知れないからね。ぜひ、君には見せておきたかったんだ」

上下作業着に長靴姿になった米野は、白い歯を見せた。普段、本庁で見るよりも、生き生きとして見えるのは気のせいだろうか。

「ここで、太郎と花子が作られている」

わざわざそれを伝えるために、自分は呼ばれたのだろうか。彼女は作業着と長靴姿に一抹の恥ずかしさと着心地の悪さを感じながらも、米野に続いた。

「ここは、裏作をしないんですか」

畦道《あぜみち》を歩きながら、秋田はどこまでも続く黒土の平野を見つめた。

「裏作をするとね、おいしい米が穫《と》れなくなるんだよ。だから、今は田を休ませている」

米野が田んぼに入ったので、秋田も戸惑いながら彼に続いた。米野は鍬《くわ》を持って、地面を掘り起こしていた。いきなり鍬を渡された秋田は、見よう見まねで作業を始めた。

一時間以上も続けただろうか。汗だくになり、体の節々が痛くなった頃、米野がいきなりしゃがみ込んだ。

「この土を見てご覧」

米野は掘り返して柔らかくなった土をひとつかみした。

「叩《たた》かれ揉《も》まれながら、土は様々な栄養を吸収して強くなっていく。言ってみれば、こいつは僕たちそのものだ」

きめの細かい黒土をじっと見つめながら、秋田は上司の言葉を待った。

「昔、大学での研究を挫《ざ》折《せつ》した時に、官僚になって日本の農業を変えてみろと恩師に言われたんだ」

米野は一塊の黒土を大事そうに指でほぐしながら続けた。

「冗談じゃない、お役人なんて性に合わない。そんな者になれるかって、そう食ってかかった。そうしたら、恩師に農場に連れて行かれて、こうして土を握らされた。官僚とは、土だ。土はすべての実りの礎《いしずえ》だが、土が痩《や》せてたり腐ってしまえば、まともな作物などできはしない。今の官僚は、それを忘れかけている。だから、おまえが身を挺《てい》して、コメのために土になれ。そう言われた。とんでもない暴論さ」

暴論とは思えなかった。上質なコメの品種改良で結果を出しながら、なぜ米野は研究者の道を諦めて農水官僚になったのか——。その理由がようやくわかった。秋田は、食い入るように土を見つめた。すると、塊のように見えた土の一粒一粒が輝いて見えてくる。

「農水省の一員になってからは、僕はその言葉を胸に刻んで仕事に励んだ。どれだけ素晴らしい種でも、土がダメなら実りの季節は来ない。悔しいけど、恩師の言うとおりだったよ」

彼は手にしていた土を、秋田の手に移した。ふわりと柔かく、手にしっとりとなじむ土だった。冬の日射《ひざ》しのせいか、温《ぬく》もりがあった。

「暖かいですね」

「それが、大地の体温だ。一ちゃんも、その温もりを忘れずにいて欲しい」

畦道でほおかむりをした女性が米野を呼んだ。

「博士、お昼ですよ」

秋田は痛む体を引きずり、米野に続いて田の真ん中に立つ掘っ立て小屋に辿《たど》り着いた。

「今日は、粕汁《かすじる》を作ってみました」

女性がそう言うと、米野は嬉《うれ》しそうに鍋《なべ》を開けて味見をした。

「おっ、これはウチの次郎米の酒粕じゃないか。うん、良い味が出てますよ」

次郎米は、このセンターが日本酒用に開発している戦略米だ。

二人分の粕汁とおむすびを盆に載せた米野は、表のテーブルに秋田を誘った。肌寒かったが、一仕事した後で体が火照《ほて》っていたために、却《かえ》って屋外の方が気持ちよかった。

秋田は粕汁を啜《すす》って唸《うな》り声を上げ、太郎七号で作ったおむすびに歓声を上げた。米野と一緒にいるといつも、たまらなく旨《うま》い米に出会える。米がこんなにも旨い作物だと、現代の日本人のどれぐらいが知っているのだろう。それを伝えるのも自分たちの仕事ではないかと、秋田はふと思った。

「おいしいだろう。いくらでも食べなさい。そして、この味をちゃんと心に刻んで欲しい」

米野はニコニコしながら、秋田の食べっぷりを眺めていた。

「どうして私は、ここに呼び出されたんですか」

米野は遠い目で、黒土の田を見ていた。

「誇り高い農水マンになって欲しいからだよ」

「ご冗談を」

「いや、大真面目《おおまじめ》だよ」

米野の大きな瞳《ひとみ》が、秋田を見据えた。

「仕分け作業の後、君はエレベーターの中で、政治って何なんでしょうか、と呟《つぶや》いたのを覚えているね」

あの時、米野は不機嫌そうに詭弁《きべん》を吐くだけで、まともに答えてくれなかった。

「あの瞬間かな、君となら一緒に闘えるかも知れないと思ったのは。そして、敏郎に向かって――官僚排除ってみなさんおっしゃいますけど、官僚がいなかったら、だれが国の行政を遂行するんですか、と君は食ってかかったろう。あれは、痺れたなあ」

今日の米野は伸び伸びとしていた。この野生児にとって一番の心地の良い場所にいるからかもしれない。

「前の部署にいる時、君は正論ばかり言う理想主義者として嫌われていたそうだね。それで、ウチに預けられた。僕なら、じゃじゃ馬馴《な》らしができると思ったんだろうか」

じゃじゃ馬とは失礼な話だが、自分が正しいと思ったことを主張する度に、上司が嫌な顔をしたのは事実だ。

「日々の仕事の中で、君が単なる理想主義者ではないことに気づいた。そして、あの日の君の言葉だ。君なら、〝土〟になってくれるかもしれない。そう直感したんだ」

たったそれだけのことで。

「買い被《かぶ》りすぎです」

自分には荷が重すぎる——。秋田は首を振った。

「人は煽《おだ》てられて木に登る。だが、自分で試行錯誤を繰り返すうちに、買い被りがやがて本物になる。僕はそういう可能性を君に感じた。だからここを見せたかったんだ」

「分かりません。それに私は、室長が期待するような人間じゃないですよ」

「君は身を挺して僕を守ってくれたじゃないか」

俯いていた秋田はハッと顔を上げた。

「料亭の女将が感心していたよ。あの鬼婆《おにばば》を相手に必死に正論をぶって、米野を切るなと説得していたと。久しぶりに骨のある若手を見つけたって、女将は喜んでいたよ」

知られていたとは……。秋田は何も言えず、お椀《わん》を啜った。香り豊かなおいしい粕汁だった。

「一ちゃんがあの時、大臣に噛《か》みついた姿勢こそ、まさしく〝コメの土〟そのものだ」

秋田は、先ほど握りしめた土の温もりを思い出していた。

「僕はね、官僚という仕事にずっと誇りを持って生きてきた。なぜなら、官僚という仕事は、プロに徹しなければ全うできない職だからだ。そして僕らが頑張れば必ず、この国はより良くなる。今でもそう信じている」

秋田の胸が熱くなった。

「官僚批判は、真摯《しんし》に受け止めよう。だがね、今こそ官僚の頑張りが求められる時代なんだよ」

米野はおむすびを一つ手にすると、一口で平らげてしまった。

「まあ、青臭いがね。でも僕は〝土〟に徹して生きたいと思っている」

いずれ科されるであろう処分を米野は覚悟している、と秋田は直感した。

「田園風景と言うだろ。このままでは、こんな贅沢《ぜいたく》な景色を日本で見ることはいずれなくなるだろうね。僕はここから日本を変えるつもりだった。それを忘れないで欲しい」

晴れ上がった冬の空に、サギが一羽飛んでいた。秋田は黙っておむすびを食べながら、目の前に広がる風景をずっと眺めていた。

そして叶《かな》うなら、次はこの田が黄金色に輝く時に来てみたいと思った。

医は……

1

心臓外科医として二〇年余り、私はずっと運命という曖昧なものに翻弄《ほんろう》され、挫折《ざせつ》と絶望の中でのたうち回ってきた。

闘いをやめなかったのは、負け犬にだけはなりたくないという意地だった気がする。

あるいは、楠木真二郎《くすのきしんじろう》という理解者が支えてくれたからか。彼がいなければ、私はとっくに分相応の場所に腰を据えて、別の楽しみを捜していたはずだった。

皮肉なことに、楠木は望むもの全《すべ》てを苦もなく手に入れてきた男だった。

日本医学界の最高峰である東都大学医学部心臓血管外科教授という肩書き、才色兼備の妻、そして、今や世界的スタンダードとなった楠木式心臓移植法——、どれを取っても医師としてこれ以上は望めないほどの〝宝〟を手にしていた。

育ちの良さだろうか。誰もがうらやむような成功を手にしているのに、彼には驕《おご》ったところが微塵《みじん》もない。それどころか、ギスギスした人間関係がはびこる医学部の中で悠然と構え、医局から半ば追放された身である私にさえ、惜しみなく便宜を図ってくれた。

その楠木が会いたいと、私の勤務する大学病院までやって来るのだ。逸《はや》る気持ちを抑えて手術《オペ》を終えた私は、ひさしぶりの再会を思い、嬉《うれ》しさの余り自室に戻るのに廊下を駆けてしまった。

勢いよくドアを開けると、仕立ての良いスーツに身を包んだ楠木が待っていた。手術《オペ》を終えたばかりの私は、普段なら大学のロゴの入ったTシャツの上に白衣という格好なのに、この日は曲がりなりにもくたびれたスーツにネクタイをぶら下げていた。スーツの仕立ての差に二人の近況が象徴されていたが、楠木に気にした様子はなかった。

「相変わらずエネルギッシュですね。週三度はオペをされていると、秘書の方に聞いて驚いていたところです」

斯界《しかい》に君臨しても、楠木の丁寧な物言いは変わらなかった。

「貧乏暇なしってことだ」

彼と話すたびに感じる安堵《あんど》感《かん》に満たされながら、私は卑下した。私は彼の前ではいつも卑屈になってしまう。

「ご謙遜《けんそん》を。宇澤《うざわ》さんに切って欲しいと、世界中から患者が大挙して茨城《ここ》に押し寄せているそうじゃないですか」

楠木と私は、東都大医学部の同級生だった。国立大とはいえ医学部の学生の大半は資産家の子女で、私のような平凡なサラリーマンの家は珍しい。楠木の実家は中でも、飛び抜けて裕福だったが、なぜか私たちは気が合った。

「患者が大挙して訪れるのは、大学が必死でPRしているせいだよ。それに俺は一%でも可能性があったら手術をするから、他所《よそ》で匙《さじ》を投げられた患者にとっては最後の駆け込み寺なんだ」

北関東医大胸部外科教授——それが私の肩書きだった。北関東の地方自治体などの出資による新設校で、客寄せパンダを求めていた。そこで白羽の矢が立ったのが、東都大を追放された後、アメリカに渡り、一〇〇〇例以上の心臓手術を手がけた宇澤智《とも》和《かず》というはみ出し者だった。

「君は日本の心臓外科学会の革命児ですよ。政府の審議会で、日本の先進医療の革新を訴えられるのも、宇澤智和という実力者がいてこその話ですよ」

「あんまり、持ち上げないでくれ。褒められ慣れてないんでね。落ち着かなくなる」

過去に何度も辛酸を嘗《な》めてきたせいで、他人《ひと》から褒められれば褒められるほど、警戒心が湧《わ》く。だが、楠木の言葉だけは信じられた。彼は嘘《うそ》もお世辞も言わない男だからだ。人によっては冷淡と感じる者もいるようだが、私にはそれこそが彼の慎みに思えた。

楠木が笑い声を上げた。四五歳を過ぎているというのに、楠木は少年のように笑う。

私は浮わついた気分をごまかすためにタバコをくわえ、来訪の目的を尋ねた。

「今日は、お願いごとがあって、お邪魔しました」

火をつけようとした手が止まった。多忙を極める楠木が、わざわざ自分からやってくるのだ。相当に困ったことがあるのだろうと、薄々予想はしていた。

問題は、その内容だ。今までにも、私は随分面倒な依頼を引き受けてきた。

楠木は鼻筋を掻《か》いてから、話し出した。

「日本の先進医療の立ち後れを解消するため、国がようやく重い腰を上げたのをご存知ですよね」

「ＣＩＡＭ（Center for Integration of Advanced Medicine）だな」

文部科学省が計画している高度先端医療センターのことだ。臓器移植などを集中的に行うだけではなく、高い技術を有する専門医を養成するのが目的とされていた。

「そのセンター長に指名されました」

私自身も切望していた職だった。己の嫉妬心《しっとしん》が顔に出ないよう自制しながら、彼の栄転を称《たた》えた。

「凄《すご》いじゃないか」

「いや、本来は僕ではなく、宇澤さんのような人が相応《ふさわ》しいんです」

「俺のようなはぐれ者には無縁の話だ」

私は自嘲《じちょう》したが、楠木は聞き流した。応《こた》えようもないだろう。ＣＩＡＭは文科省の肝煎《きもい》りプロジェクトではあったが、実務は東都大が仕切ると聞いていた。そもそも、私なんかに声がかかるわけがない。

「お願いというのは、君にＣＩＡＭの心臓血管外科をお任せしたいんです」

「ばかな」

あり得ない話だった。アメリカで難易度の高い心臓手術で数多くの実績を挙げた後ですら私の復帰を認めてくれなかった東都大が、こんな栄誉を与えるはずがないのだ。

頭の整理がつかない状態で、私は何度もタバコをふかした。楠木は苦笑いを浮かべながら、灰皿を差し出した。

「ＣＩＡＭの教授に就任したら、タバコもやめてもらいますからね」

今にも落ちそうなタバコの灰を、灰皿にそっと落とした。楠木の〝教授〟という言葉が、私の耳の奥で大きく鳴り響いていた。

「俺を、CIAMの心臓血管外科教授に迎えると言ったんだよな」

迷いもなく楠木は頷《うなず》いた。

「悪い冗談だったら、許さないぞ」

「君をかつぎに、こんなところまで来ませんよ」

昔から冗談好きだった旧友からそんなことを言われても、にわかには信じ難い。私は疑うように楠木を見つめたが、彼の目はためらいもなく見返してきた。どうやら本気らしい。

「いつから東都は、人材不足になった」

「東都の人材不足は、慢性的ですよ。年を食っただけの重鎮や論文名人はゴロゴロいますが、メスを持たせたら二流ばかり。かくいう僕もその一人ですが」

どうすれば、そんな謙遜が言えるのか。神業としか思えない楠木の技術を、私はこの目で何度も見ている。それに楠木は、日本独自の心臓移植法を考案した第一人者だった。それ以外にも、独創的な発想と創意で数多くの施術法《せじゅつほう》を考案し、通称、ジャーナルと呼ばれる世界的医学誌 "The New England Journal of Medicine" の常連なのだ。

「おまえの腕は超一流だ」

再び灰皿に落とした灰が、楠木のスーツにかかった。それに気づくと、彼はさりげなく手で払いながら、照れ笑いを浮かべた。

「僕が、超一流だったことなんてありませんよ」

「よしてくれ。楠木式移植法は、世界が認める心臓移植法じゃないか」

「本当は、楠木宇澤式と呼ばれるべきだった」

私は思わず顔をしかめてしまった。思い出したくもない話だ。

楠木式移植法は、二人が東都大の医局に在籍していた時に編み出したものだ。楠木が考案し、私が施術した。ただ、それはまだ動物実験の段階だった。楠木が助教授になった時に自らが執刀して移植法を完成させたのだ。

その後、アメリカで心臓移植を何十例も手がけた私は、楠木式移植法を改良して、より安全かつ短時間の手術に成功している。

その頃、「君の改良点を加えて、楠木宇澤式と名を改めていいか」と楠木から問い合わせがあった。親友の気遣いが嬉しくて快諾したのだが、結局、それきりになってしまった。

数カ月後、学会の途中だと言って私が勤めるロスの病院に楠木が現れた。彼は意気消沈した様子で顚末《てんまつ》を話してくれた。

——上が、許してくれないんです。東都大の心臓血管外科教授である楠木の名を冠した施術名こそ大学の誉《ほま》れだと言ってね。

おそらくそういう事だろうと思っていた私は、怒る気にもなれなかった。むしろこれ以上は事を荒立てるなと彼を諭したくらいだ。

本音を言えば、そうすれば東都大も少しは私を見直してくれるかと期待したのだ。私は東都大に戻りたかった。アメリカの友人らは、ばかばかしいと笑うが、私は真剣だった。施術法の名前ぐらいで、大学幹部の機嫌を損ねたくなかった。

苦々しいだけの回想は、遅まきながらお茶を運んできた秘書によって遮られた。

「海沿いの大学病院というのは、いいですね。僕の憧《あこが》れです」

楠木が急に話題を変えた。秘書に話を聞かれたくないのだろう。彼は新設大学の数少ない取り柄である眺望に眼を細めていた。

私も話を合わせることにした。

「実家の病院も海沿いじゃないのか」

「うちは、丘の上にありましてね。確かに海は見えますが、海沿いじゃないんです。砂浜を歩きながら考え事に耽《ふけ》るなんて、素敵じゃないですか」

楠木は同意を求めるように、秘書の方を見ていた。

「下がっていいよ。それと、私がいいというまで電話を繫《つな》がないでくれ」

一刻も早く話の先を聞きたい私は、楠木に向かって何か答えようとしていた秘書を下がらせてしまった。

ドアの閉まる音で再び、楠木は話題を戻した。

「CIAMは、プロ中のプロの臨床医を育成するための英才医療教育機関です」

よく知っていた。センターが設立されると初めて聞いた時は、自分が呼ばれるべき場所と思ったほどだ。しかし、東都大の総長がセンターの最高責任者に就任するという噂《うわさ》を耳にしてからは、私は努めてCIAMの情報から遠ざかるようにしていた。どうせ叶《かな》わぬ夢なのだ。

楠木は一口紅茶を啜《すす》ってから続けた。

「センター長には、人事の全権が委《ゆだ》ねられています。つまり、僕が指名すれば、それで決定なんですよ」

日本の医学界は、それほどシンプルな構造ではない。楠木が言っているのは、あくまでも建前だ。いざ人選を始めると、どこからともなく彼ですら抗《あらが》えぬ圧力がかかるのは目に見えていた。

現実的な不条理に気づき、不意に七時間もかかった手術の疲れが襲ってきた。

「まだ、信じていませんね。宇澤さんの気掛かりは、総長の意向でしょう」

言いにくい話を躊躇《ちゅうちょ》なく口にするのも、楠木らしい。吉野和臣《よしのかずおみ》、現東都大総長こそが、私を医局から追放した張本人だった。私は苦笑いして肩をすくめた。

「快諾してくださいました」

「ほんとか」

思わず、私は身を乗り出していた。勢い余って紅茶のカップが体に触れたが、それを気にする余裕すらなかった。楠木は、倒れかけていたカップをさりげなく支えながら答えた。

「君の頑張りに期待しているとおっしゃっていました」

「ありえない！」

私はほとんど叫んでいた。ロスでの病院勤務時代も、謝罪をしたためた手紙やメールを吉野宛《あて》に毎月のように送った。だが、一度たりとも返事はなかった。胸部外科学会や心臓移植学会などで顔を合わせる機会もあったが、医局の連中がガードして私を近づけなかった。何度か楠木に取りなしを頼んでも、「会う気はない」の一点張りだったのだ。それが、なぜ、こんな大役を私に与えるのだ……。

「君が医局を離れてからどれほど多くの論文を発表したか、総長もよくご存じでしたよ。その何《いず》れもがとても優れた論文だし、君のインパクトファクターは国内のライバルたちを圧倒しているとも」

学術論文雑誌での引用回数を指数にしたインパクトファクターは、日本の医学部での教授選定に重要な要素を占めると言われている。無論、そんな規定はないが、それによって情実と徒弟制度の巣窟《そうくつ》のように言われる〝白い巨塔〟のイメージを払拭《ふっしょく》しようというのが狙《ねら》いだった。

その結果、医局の中でも目端が利《き》き経済的にも恵まれた連中は、手術室から遠ざかり論文執筆に血道を上げることになる。医学部の教授でありながら、年間数件しか手術を執刀しないという事態は、こうして生まれるのだ。

だが、所詮《しょせん》そんな数字は、大学医学部という伏魔殿に身を置く人間同士でなければ威力を発揮しない。私はこの一〇年でそれを嫌というほど思い知らされた。私の論文がいくらジャーナルに掲載されたところで、日本の医学界は無視し続けてきたのだから。

「医局を追われた男は、インパクトファクターとも無縁だ」

「それは違うなあ。君は必死で東都への復帰を願い、努力を惜しまなかった。それがようやく報われたんです」

努力しさえすれば報われるような、生やさしい世界ではない。今、ここに楠木がいるのは、他に理由があるからに違いない。

「なぜ、あれほど俺を無視し続けた人が、今になってこんな重責を任すんだ」

私が熱くなればなるほど、楠木は冷静になるようだった。

「決まっているじゃないですか、君が日本一の心臓外科医だからですよ。総長は、君の復帰を歓迎するとおっしゃっている」

あの吉野が、過去の遺恨を全て水に流して許すなどと言うことは、考えられなかった。吉野とはそういう男だ。自らの医療ミスを私に押しつけたばかりか、それを隠蔽《いんぺい》するために医局から私を追放するような卑劣漢なのだから。

2

平凡な手術のはずだった。

クランケは二三歳の女性で、心臓の壁に孔《あな》がある、つまり心房中隔欠損だった。

カテーテルによる施術が現在の主流だが、当時は開胸し、孔の部分に患者自身の心膜を貼《は》り付けるパッチ閉鎖術が一般的だった。

講師だった私が執刀し、助教授が指導教員として第一助手に立つはずだった。ところが土壇場《どたんば》になって、教授自らが執刀すると言い出した。

クランケが、人気絶頂のアイドルだったからだ。呆《あき》れるほどの俗物の教授としては、こんなおいしい売名行為を講師風情《ふぜい》に譲りたくなかったのだろう。もしかしたら、アイドルの裸を見たかっただけかもしれない。

小柄で虚弱体質のクランケは、検査の段階で、迅速な手術が妥当と診断された。そこで、手際《てぎわ》の良さを買われて、私が指名されたのだ。気まぐれのように横車を押してきた教授に、私は強い怒りを覚えた。

だが医局に於《お》いて、教授は絶対神だ。彼が執刀すると宣言すれば、それに刃向かう者は誰もいない。

やむなく第一助手を務めた私は、手術開始後の五分で危険を感じた。教授のメスに迷いがあった。同じく助手に入っていた楠木もすぐに察したらしく、問うような視線を何度も私にぶつけてきた。

危なげではあったが、教授はパッチ閉鎖にまでこぎ着けた。そこで油断したのだろう。直後に、左心室から鮮血が溢《あふ》れた。

「教授《せんせい》、左心室付近で鮮血です！」

「分かっている。慌《あわ》てるな」

あろう事か、教授は出血部分を探り始めた私の手を払いのけた。

鮮血があるということは、動脈が破れたか、左心室の壁に孔が空いた可能性が高い。

しかも、血は温泉が湧くように勢いよく溢れている。一刻も早く処置すべきなのに、
教授はもたつくばかりで、出血部分を見つけることすらできないでいた。

「バキューム！」

「輸血の追加を！」

手術室が騒然となる中、明らかに教授に焦《あせ》りが見えた。

「血圧、体温、下がり続けています」

オペ看の声が裏返った時、私は我慢できずに教授に声をかけた。

「教授、お手伝いさせてください」

「大丈夫だと言ってるだろ」

自らの非と無能を認めるのが何より嫌いな吉野教授は、かえって逆上してしまった。

もはや、教授への服従などにこだわっている場合ではなかった。彼への気遣いで、人

を死なせるなど言語道断だ。それほど私は青臭かった。

教授の同意を得ないまま、術部に手を入れた。すぐに孔は見つかった。左心室の壁の一部が裂けていた。

「左心室解離です。すぐ縫合を！」

教授は棒立ちになってしまった。事態の重大さに気づき、怯《ひる》んでしまったのだ。

「教授、しっかりしてください！」

しかし、吉野の動きは完全に止まっていた。

「脈が取れません！」

ついに私は教授を押しのけて執刀を代わった。

結局、患者は救えなかった。手術室は藪《やぶ》の中だ。遺族には、開胸したところ検査では発見できなかった亀裂《きれつ》があり、それが手術の際に大きく裂けたことで死に至ったと、説明された。

だが遺族も所属事務所も手術内容に疑いを持ち、解剖による原因究明を強行した。

解剖の結果、左心室の亀裂は鋭利な刃物による裂傷の可能性が高いと判明した。私が執刀を代わるまで、手術室で鋭利な刃物を握っていたのは、吉野教授だけだ。

病院側はその事実を隠し、死亡した患者の心臓は健常者に比べて膜の厚みが薄く、手術に耐えられなかったと報告した。

そして、術前の精密検査を担当した心臓血管内科の講師と私が処分された。処分と言っても戒告程度だったが、次の定期異動では地方の系列病院に飛ばされるのは間違いなかった。

ほとぼりが冷めるまで我慢しろ。助教授にそう含められた。

「おまえは、教授を守ったんだ。悪いようにはしない」

だが、別の噂が流れ始めた。宇澤が余計なことをしなければより適切な処置もできたのに、あの男がアイドルの命を奪ったようなもんだと、吉野が酒席で教授陣に愚痴ったというのだ。

私は事実を質《ただ》そうと、教授室に乗り込んだ。教授は一笑に付し、「君は、何様のつもりだ？　つけあがるのもいい加減にしたまえ」と恫喝《どうかつ》した。逆上した私は、吉野を殴り飛ばしていた。

その瞬間、私の東都大学医学部でのキャリアは終わった。

3

「東都大一〇年に一人の逸材と言われた君のことを、総長は今も気にかけていらっしゃる。今回はそういう人事なんだよ」

楠木の話は、説得力に欠けていた。二人とも吉野和臣という男の本性を知り尽くしていた。

……

「単刀直入に言ってくれ。俺を呼び戻す本当の理由は何だ」

ひっきりなしに吸うタバコのせいで、部屋の中に紫煙が充満していた。タバコを吸わない楠木には相当不快のはずだったが、咳払《せきばら》いひとつしなかった。

彼の顔をこんなにしげしげと見たのは何年ぶりだろう。端正で健康的に見えた楠木も、よく見ると目尻《めじり》や口元に苦労の跡が刻まれていた。

私が黙っていると、根負けしたように楠木が口を開いた。

「イスタンブール宣言の影響です」

ようやく合点がいった。

「小児心臓移植を、俺にやらせたいのか」

日本の臓器移植法では、一五歳未満の臓器移植を禁じていた。臓器移植を希望する一五歳未満の患者は、海外に救いの道を探すのが現状だった。ところが二〇〇八年、国際移植学会は「外国人が臓器提供を受け、自国民の移植の機会を奪うのは公平・正義に反する」という渡航移植原則禁止を盛り込んだイスタンブール宣言を採択した。それを受けてＷＨＯは、来月に行われる総会で渡航移植自粛を強く促すと言われていた。

これまで日本人患者を受け入れていたドイツが中止を宣言し、残る唯一《ゆいいつ》の受け入れ先だったアメリカも、外国人への移植は提供臓器の五％のみというルールの徹底を決めている。

こうした流れを受けて、三年越しで検討されていた臓器移植法改正案も、遂《つい》に七月に採決されると聞いていた。改正案では年齢制限が撤廃され、国内での小児移植も可能になるはずだった。

「ＣＩＡＭが急遽《きゅうきょ》現実化したのも、そのためです。子供の臓器移植手術ができる外科医は、欧米で執刀経験のある限られた者しかいません。心臓移植となると皆無に近い。しかし、君は四例も経験し、二例で成功している」

心臓移植技術においては、欧米に比べて日本は大きく遅れを取っている。アメリカでは既に毎年二〇〇〇件以上の術例があるが、日本では、ようやく年間一〇件程度でしかない。

「小児心臓移植の実施が急務になります。そのために、君に一肌脱いで欲しいわけです」

楠木は静かに頭を下げた。

「ＣＩＡＭには、まず実績づくりが必要です。いくら鳴り物入りで超一流の外科医を養成すると言っても実績がなければ、ＣＩＡＭで腕を磨こうという若手はやっては来ません」

また、客寄せパンダをやれということか。

アメリカにいる間、私は何人もの一流の医師に出会った。彼らはただひたすらに術例を重ねることで、評判と信頼を手にしている。論文や上司に気を遣う者など誰もいない。そこは実力だけが物を言うプロの戦場だった。

アメリカでは、一流外科医のほとんどがフリーランスで、単身病院に乗り込み執刀するのが一般的だった。いかにもカウボーイ的だが報酬は莫大《ばくだい》で、それを自由にできることがステイタスでもあった。だが私には精神的な負担が大きかった。医療とは、チームプレイだと思っている。また、五〇歳という年齢が近づくにつれ根無し草のような生活が辛《つら》くなり、安定した居場所が欲しくなっていたのだ。

それが、楠木の紹介で北関東医大の教授を引き受けた最大の理由だった。同じ頃、ジョンズ・ホプキンス大学の准《じゅん》教授の話もあったが、日本で教授になることを選んだ。

子どもの頃から、人付き合いは上手《うま》い方ではなかったが、世の中の役に立ちたいという思いは強かった。その上、指先も器用で、根を詰めるような作業も好きだった。

医学部時代、学力以上に運動神経や指先の器用さを求められることに不満を漏らす同級生が多かった中、私は医者こそ天職だと実感した。

やがて、楠木と二人、同期の期待の星と言われるようになった。あの頃、私は有頂天だった。

「できれば半年で、三件ほどの成功例が欲しいんです」

楠木の声で我に返った。望むところだ。実績を残せば私の地位は、この国でも不動のものになる。大きなチャンスだった。

とはいうものの、日本国内では一例もない小児心臓移植という栄誉を、なぜ私に委《ゆだ》ねるのか。そもそも心臓移植というだけで喧々囂々《けんけんごうごう》の騒動が起きる東都大医学部が、小児心臓移植を行うこと自体が大事件だった。

ようやく、なぜ私に白羽の矢が立ったのかを悟った。

「失敗しても部外者なら、大学は傷つかないから、俺は指名されたのか」

楠木は心外だと言わんばかりに目をむいた。

「君は、東都大の優秀な外科医だったんです。部外者じゃない」

「成功した時は、そう言うんだろ。しかも、吉野総長の薫陶《くんとう》を受けた外科医だと言えば、彼の株も上がる。おまえ、そこまで総長に媚《こ》びたいのか」

「誤解しないでくださいよ。僕は、総長の点数稼ぎの片棒を担《かつ》いでいるわけじゃない」

珍しく楠木がむきになっていた。

「じゃあ、何だ。お得意の医療革新とでも言うつもりか」

このところ、首相や厚労相の諮問《しもん》機関の審議委員も務める楠木のきまり文句は、「医療先進国への革新」だった。

「あれは単なる方便です。この国で医療革新が進むなんてありえない」

4

「今、何と言った」

「日本が医療先進国になるなんてことはありえない、と言ったんですよ」

楠木はスーツの下襟《ラペル》にまだ残っていた灰に気づいたらしく、丁寧に手で払っていた。

「おまえは、ずっとそう主張し続けているじゃないか」

「僕の立場と、そういうお題目を政治家先生や学会から求められるからですよ」

彼は高い鼻の脇《わき》を指で掻《か》いた。楠木が意に染まない話をする時の癖だったのを思い出した。

「ならばなぜ、CIAMのセンター長など引き受けたんだ」

「誰もが手に入れたいと思っているポストです。拒否する人間がいたら、会ってみたいですね」

同感だが、私がセンター長の席を欲するのと楠木のそれとは、全然違うように思えた。

「名誉職であるのは間違いない。だが、責任は重大だぞ」

「よしてくださいよ、医師としてのプライドと責任なんて話。僕にとってはそんなものは何の意味もありません。優秀であるべきなのは、現場の教授や医師たちでしょ。僕はただ資金を集め、つまらないしがらみを排除するだけでいい。大学医学部の権威だの、医局の論理には、いい加減うんざりしてるんでね。ここらでひとつ、アメリカ風の成功例を作ってみるのも楽しいと思ったんですよ」

私も医学部にいた時は楽しかった。だが、楠木が言う楽しさとは別物だ。医師が関わることで、患者が救われることに大いなるやりがいを感じた。睡眠不足も金欠も、教授の横暴も、この仕事で誇りと使命感を得られる楽しさに比べれば、どうということはなかった。

「なあ、楠木。今更だけれど、おまえの楽しいってのは、どういう意味だ」

「誰からも束縛されず、気も遣わずに生きる事ですよ。だから僕は、医者に向いていないんだと思います。だって、医者は責任や束縛だらけですから。本当はうんざりしていたんですよ。ところが、長年やっていると、窮屈そうな医学部にも楽しいことを見つけられるようになるんです」

無性にタバコが吸いたくなったが、もう吸い尽くしていた。私はデスクの抽斗《ひきだし》から買い置きを取り出した。

ふと窓の外に目を遣《や》ると、若いレジデントたちが砂浜でバーベキューをしているのが見えた。私たちの時代と違い、今の若者たちは一つの目標に向かってなりふり構わず突き進むことを嫌い、人間同士の深い関わり合いも避けたがる。大勢で連《つる》んで、明るく振る舞う方が気楽でいいらしい。そして欲しい物はとりあえず全《すべ》て手にしたい。

それはどこか楠木の話に通じるようにも思えた。

「なぜ僕が臨床から離れたか、分かりますか」

私の屈託など気にもならないらしく、楠木は明るく訊《たず》ねてきた。

「東都大の医学部は、教授がメスを握らないのがしきたりだろ」

嫌みのつもりで言ったら、楠木はまともに反論してきた。

「でも君は、教授になった今でも、週に三日は手術室に入る。それこそが、本物の外科医ですよ」

褒めているわけではない。彼は、当たり前のことを言っているだけだ。

「学生時代、僕はメスを握るのが怖かった。今だって怖い。いつか、患者を殺すにちがいない。いや、それ以上に、誰かの人生を左右するような責任は勘弁して欲しいんです」

信じられなかった。この男が、手術台を前にして物怖《ものお》じするところなど見たことがなかった。それどころか常に涼しい顔で、難なくこなしていた。

「何でも一生懸命というのは、僕の性に合わないんですよ。人の命に関わるなんて重責はまっぴら。何より嫌なのが、手術室の前で必死の形相で縋《すが》りついてくる家族です。彼らに触れられるだけで、僕は怖《おじ》けてしまう」

同じ医師として、私は初めてこの男を軽蔑《けいべつ》した。そしてこんな男の頼みを、今まで文句も言わず聞いてきた自分も軽蔑した。しかも浅ましい下心のために。しかしどれほど自分が卑《いや》しくとも、一人でも多くの人命を救うという使命感だけは本物だ。あの手術室前での〝儀式〟こそが、執刀医としての私に闘志と使命感を与えてくれる。見ず知らずの他人が、必死に私を崇《あが》め縋りついてくる。患者を救えるのは、世界でただ一人、メスを握る俺しかいない。その瞬間、外科医は〝神〟になるのだ。

「自分が、他人の命を握る。君はそれを責任と感じ、やりがいにしてきたでしょ。でも、僕はそんな不遜なことを考えたこともありません」

楠木は全く悪びれていない。それがむしろ恐《こわ》いと思った。

「そこまで言うなら、なぜ次々と新しい施術法《せじゅつほう》を編み出した」

そんなことも分からないのかという顔をされた。

「そうしないと偉くなれないじゃないですか。外科医の腕は天性の才能です。でも、受けの良い論文は、スキルがあれば誰にでも書ける。日本の医学界が求めているのは、そのスキルです。ならば、そこで勝負するのが賢いでしょ」

彼の目には蔑《さげす》みの色が滲《にじ》んでいた。

「まあ、天才外科医に、凡才の気持ちは理解できないでしょうけれどね」

学生の一人が海に飛び込んだ。いくら晴天とはいえ、四月の海はまだ冷たいはずだった。若さ故《ゆえ》の蛮行、だが、私もあの学生と同じように青いと嘲《あざけ》られている気分だった。

東都大を飛び出して以来、私は泥を呑《の》み続け、大人の狡《ずる》さや汚さを知ったつもりでいた。一方の楠木は、何の屈託もない純粋培養だと、どこかで優越感に浸《ひた》りもしていた。

だが、将来を嘱望された楠木の方が、遥《はる》かに〝大人〟だったとは……。

そして、いくら離れていても、医学に向ける情熱だけは二人同じだと思っていた己の愚かさを思い知らされ、私はほとほと自分が嫌になっていた。

いや、そうではない。今、楠木が滔々《とうとう》とまくし立てているのは、彼一流の偽悪趣味ゆえだ。そうだ、この男は、そこまでして私を立てようとしているだけだ。

私は縋るような思いで、反論をぶつけた。

「おまえと俺の実力は、さほど変わらない。たとえおまえ一人でも、あの施術法で多くの手術に成功したはずだ」

「無理ですよ。僕はね、君のような本物じゃない。それにね、最初の数回は無難にこなせても、すぐに飽きちゃうんです」

学生時代の解剖実習以降、メスを握って一度でも「飽きた」と感じたことはない。同じ冠状動脈バイパス術でも、一例たりとも同じ手術はない。開胸すると、想定外の傷や腫瘍《しゅよう》が見つかることもあれば、個々人の体質から処置を変えなければならないこともある。

気が付くと、楠木はソファに腰かけて携帯電話をいじっていた。私の気持ちを理解しようという気もないらしい。それともこの話題にも飽きたのかもしれなかった。

「君だって、人を救うためだけにメスを握るんじゃないでしょ。切りたいからだ。芸術的なオペ、時間短縮、新たなる施術。常に刺激を求めている。でも、そういう医者が人を救うのも事実ですよ」

晴れた海を眺めていたせいで、部屋の中が暗く感じられた。メールを打ち込んでいるらしい楠木の姿も霞《かす》んで見えた。

「僕はね、時々思うんですよ。宇澤さんがうらやましいと」

また思いがけない言葉をぶつけられて、私はたじろいだ。

「君は人の命を救うために、必死になれる。これは凄《すご》いことですよ」

馬鹿《ばか》にされている——と直感した。

私の怒りを察したように楠木は、機先を制した。

「もうやめませんか、こういう青臭い話は。君は、東都大復帰を切望していたはずです。私は、総長をはじめとする古い体質の連中を説得し、君に最高の舞台を用意しました。無論、それぞれに思惑はあります。しかし、君にとって損はない話です」

長い悔恨の日々という名の走馬燈《そうまとう》が流れ、今は現実主義に徹することだと自覚した。

「悪かった、おまえの言うとおりだ」

「東都大医学部教授の二倍の報酬、プラス手術料も別途支払います」

楠木はすっかり普段の物腰に戻り、さらなる好条件を提示してきた。通常、大学教授の医療行為には、報酬は支払われない。楠木は、その慣例を破ると言っているのだ。

「そんなカネが、この貧乏国のどこにあるというんだ」

楠木は薄笑いを浮かべていた。

「心配ご無用。払うべき相手にお金を渡す。そのための予算を取ってくるのが僕の仕事です」

全国の国立大学が独立行政法人化して以来、大学は経営感覚を求められている。その結果、〝カネを集めてくる教授こそ良い教授〟と言われるようになった。

「僕がセンター長になれたのも、それが理由です。お金を集めるのがうまいからですよ。だから、心配はいりません。ただ、一つだけお願いがあります」

「なんだ」

「二年間で結構です。僕の言うとおりに動いて欲しい」

「おまえのために猫を被《かぶ》れというんだな」

「そうです。その代わり半年後、センターの医療統括責任者に任命します。言わば学部長待遇です」

学部長待遇という言葉は殺し文句だった。それでも、私は素直になれなかった。

「なぜ、二年だ」

「僕の任期満了は二年後です。その後の身の振り方は、お任せします」

迷う必要はなかった。だが、それが引っかかった。話がうますぎること、そして、楠木に対して芽生えた疑念の落とし前がつかないままだった。

「手術スタッフなどの人選は任せます。お金に糸目をつける必要はありません。必要であれば、外国人医師の採用も認めます。とにかくベストの人選をして欲しい」

先ほどの議論さえなければ、私は涙を流し、楠木にひれ伏したはずなのに。

顎《あご》にわずかに伸びた無精髭《ひげ》を撫《な》でながら、何とか自分を納得させようと努力をした。

だが納得する前にどうしても質《ただ》しておきたいことがあった。

「一つだけ答えて欲しい。おまえは、この国で医療革新なんぞ進むなんてありえない、と断言した。その根拠は何だ」

楠木が、今までに見せたことのないような冷笑を浮かべた。

「医学に情熱を持った人間が、医学界の中心にいないからです。僕を含め、権力かカネの亡者《もうじゃ》に成り下がっている。挙げ句に、患者の脈を取ったこともない厚労省の医系技官が、医療革新というお題目を唱えているからです」

いつからこの男は、こんなに自嘲《じちょうてき》的になったのか。

私は堪《たま》らなくなっていた。

「だからこそ、君に日本の医学の将来を託したいんですよ」

楠木は、爽《さわ》やかな微笑《ほほえ》みでまっすぐに私を見つめて言った。

よくもそんな顔で大嘘《おおうそ》がつけるな、楠木……。

怒りをぶつけられない私は、彼の偽善の投網《とあみ》から逃れるように無駄な抵抗を試みた。

「もし断ったら、どうなるんだ」

楠木は、目を見開いて戯《おど》けて見せた。

「まさか。君が断るはずがない。世の中には、知らない方が幸せなこともあります。いずれにしても、こんな好条件を蹴《け》る勇気は、君にはない」


……

5

「宇澤教授にとって、古巣への凱旋《がいせん》ということになると思うのですが、如何《いかが》ですか」

ＣＩＡＭのスタッフ発表の記者会見場で、意地の悪い質問が記者から飛んできた。

この日のために楠木が贈ってくれた高級スーツに息苦しさを感じながら、私は素っ気なく返答した。

「凱旋という意識はありません。ただ心臓外科医としての本分を全うしたいと思います」

心臓外科医としての本分と口にした時、壇上中央に鎮座した吉野総長が深く頷《うなず》いた。

私の人生を狂わせた因縁の相手だが、もはや怖《おそ》れるべき男ではなかった。彼は既に過去の人になりつつあることを、CIAMに来て知った。そして、今や楠木が彼に代わって東都大医学部に君臨していた。

あれこれ考えずオファーを受けて良かったという思いを、私は嚙《か》みしめていた。

会見後の懇親会の最中だった。見覚えのある一人の女性が近づいてきた。山野《やまの》という、吉野の秘書を務める女性だった。

「大変、ご無沙汰《ぶさた》しております。この度は、CIAM教授ご就任、おめでとうございます」

丁寧な挨拶《あいさつ》を受けて恐縮した私の耳元で、彼女が囁《ささや》いた。

「少しお時間をいただけますか」

控え室の一つに、私は案内された。吉野総長がただ一人でそこにいた。

「やあ、宇澤君、やっと会えたね。一度ゆっくりと話をしたかったんだ」

吉野は懐《なつか》しそうに話しかけてくる。思いがけない馴《な》れ馴《な》れしさに、私は戸惑った。

「大変、ご無沙汰しております」

「そんな堅苦しい挨拶はいい。それより、今回は、大役を引き受けてくれて本当にありがとう。心から感謝しています」

しわがれたか細い声で礼を言われて、私は身を固くした。改めて見ると、吉野は人の良さそうな小さな老人に過ぎなかった。

「私こそ、ようやく総長からお許しを戴《いただ》けて、安堵《あんど》しております」

「許してもらわなければならないのは、私の方だよ。私のせいで、君には本当に辛《つら》い想《おも》いをさせた。許してくれたまえ」

あれほど畏《おそ》れた男が、私に向かって頭を垂れている。

「総長」

それ以上、言葉がなかった。

「君の外科医としての才能に、私は嫉妬《しっと》していたんだ」

信じられない言葉を耳にして、私は思わず彼に近づいた。

「頭を上げてください。もう充分です。私こそ、先生にお礼を申し上げなければなりません。ご連絡を差し上げてもご返事が戴けず、ずっと腐っていた自分が恥ずかしくなります」

その時、総長は弾《はじ》かれたように顔を上げた。

「怒りを解かなかったのは、君の方じゃないのかね。楠木君を通じて何度も、医局へ戻って欲しいと打診したはずだ」

初めて体験するような衝撃に襲われた。

「楠木を通じて、ご連絡をくださっていたのですか」

「知らなかったのか？　確かにあの時は、私も怒りにまかせて、君が医局を去るのを止めなかった。だが、すぐに君が詫《わ》びを入れてくると思ったんだ。それがどうだ。さすが、東都大一〇年に一人の逸材と言われた君は、ロスでとんでもない武者修行をして名を揚げてしまった。私はますます君に戻って欲しくなった。なのに、君は私を許さないと言ったそうじゃないか」

その時はじめて、一つのことに思い当たった。総長宛《あて》のメールや手紙は全《すべ》て、秘書が選別していたのだ。

私は息苦しいほどの戦《おのの》きを圧《お》し殺して、総長に質した。

「総長は一度も、私からお送りした手紙やメールをご覧になってないのですね」

「君が送りもしないものを、どうやって受け取れるんだね」

あやうく笑うところだった。何が起きていたのか、今ようやく悟った。

「先生、もう一つ伺ってよろしいでしょうか」

怪訝《けげん》そうな顔をしていたが、彼は頷いた。

「数年前、私は楠木式心臓移植術の改良法を論文で発表しました。それを知った楠木から連絡があり、名称を、楠木宇澤式としないかと言われました。そのことはご存じですか」

「私が楠木君に勧めたんだよ。君の改良案は素晴らしかったからね。ところが、君が固辞してきたと聞いた」

知ってしまえば、バカバカしいばかりだった。なのに、なぜ、奴《やつ》は今さら私と組む気になったのだ。

「総長、お食事でもしながら、改めてお話を伺わせていただけませんか」

「ぜひ、そうしよう。さすがに大勢の前で、君から詰め寄られるのが怖くてね。こうして二人っ切りで会ったんだが、安心したよ」

総長はまだ何かしゃべっていたが、もう聞こえなかった。私は神妙に頭を下げて控え室を出た。

ドアのすぐそばで、秘書の山野が待っていた。

「説明は、楠木から聞いた方がいいんでしょうか」

嫌味にならないように言ったつもりだが、聡明《そうめい》な彼女は目を伏せた。

「申し訳ありません。ただ、あなたへの連絡は、すべて楠木先生ご自身がなさると仰《おっしゃ》ったので」

この女性をどんなやり方で、籠絡《ろうらく》したのだろう。

「楠木先生は、息子の命の恩人なんです。私が離婚した後は、経済的にも大変お世話になりました。それで」

それ以上聞きたくなかった。彼女に背を向け、宴会場に戻った。ちょうど懇親会が終わるところだった。関係者を送り出している楠木に近づくと、話があると告げた。

彼はそれを待っていたように、すぐに別室に案内した。なぜかシャンパンが用意されていた。

「改めて二人っきりで祝いたくてね。まずは、乾杯だ」

私の返事を待たずに、彼は栓を抜くとグラスに酒を注いだ。

「世界の心臓外科医の復帰に」

「楠木真二郎の陰謀に」

陰謀と聞いても、楠木は態度を変えなかった。高そうなシャンパンだったが、味がほとんど分からなかった。

「君の人選は、厳しいが素晴らしいですね。早速、明日アメリカへ飛びますよ」

アメリカの手術スタッフを招聘《しょうへい》したいと話すと、楠木はあっさり認めてくれた。そして最終的な契約のため、彼はロスに向かうことになっていた。

「さっき、吉野総長に呼ばれて、話をしてきた」

「悪事は、必ず露見する――、『ハムレット』の言葉だ。そう言いたいんでしょ」

気詰まりな様子すら見せないのが、理解出来なかった。

「いや、俺が聞きたいのは、なぜという一点だけだ」

楠木はシャンパンの香りを嗅《か》ぎながら、小さく笑った。

「世の中、聞かぬが花ということもありますよ」

「結果的には、俺は人生最高の栄誉を手にした。そういう意味では、おまえに礼を言わなければならないかも知れない。だが、これだけは教えてくれ。こんなにも長い間、俺をコケにし続けた理由を」

「じゃあ、誓ってください。僕が何を言っても、君はこの仕事を降りないと」

今さら後戻りするつもりはなかった。私は小さく頷いた。

「ずっと君が嫌いだったんです。どんなに頑張っても君には勝てそうになかったからね。君が追放された時は、ホッとした。あの時、君が吉野教授を非難していると告げ口をしたのも僕ですし、教授に君を許すつもりはないと、君の耳に届くようにしたのも僕です」

呆《あき》れてものが言えなかった。この男は、徹底的に私の行く手を塞《ふさ》ぎ続けたのだ。

「ところが、どうです。君はアメリカに渡り、もっと凄《すご》い心臓外科医になってしまった。それでね、僕は君を支配できる立場を目指すことにしたんです。それで君が泣いて喜ぶようなポストを与え、君に感謝してもらう」

そんな幼稚なことを堂々と口にするこの男の正気を、私は疑い始めた。私はうすら寒さすら覚えた。

楠木は続けた。

「分かりますか、僕はいつも楽しく生きたい。それには、君へのコンプレックスが邪魔だったんです。でも今日で、とても良い気分になりました」

彼はシャンパンを飲み干すと、グラスをテーブルに置いた。

「頑張ってください。君が望むフィールドを僕は用意したんです。生涯感謝し続けたって、まだ足りないくらいですよ」

呆然《ぼうぜん》としている私の肩を軽く叩《たた》くと、楠木は背を向けた。

「楠木、おまえにとって医とは何だ」

ドアの手前で楠木は振り向いた。

「宇澤さん、そういう問いをするのがそもそも間違いなんです。医は仁術、医は算術。どちらも間違いです。そんなことを考える必要すらない。医とは、一つの仕事にすぎません。だから、その中でどういう楽しみを見つけるかが大切なんです」

絹の道

1

速球自慢の右腕が渾身《こんしん》の力を込めて投げた球は、秀和《ひでかず》が振り下ろしたバットの芯《しん》に吸い付くように当たった。

九回裏ツーアウト、一、二塁のチャンス。ここで一発出れば、二点差を跳ね返す逆転サヨナラゲームになる。

打った瞬間、秀和にはフェンスを越えたという感覚があった。あとは、左に切れないのを祈るばかりだ。バッターボックスにとどまって、打球の行方を見送った。白球は加速して春の空を切り裂き、レフトフェンスの向こうに消えた。

沸き上がる味方のベンチに、大きなガッツポーズで応《こた》えた秀和は、ゆっくりとベースを回った。セカンドベースを蹴《け》ったところで、もう一度、ボールが消えた方向を見た。

やっぱりそうだ。黒い帽子に白い薄衣《うすぎぬ》を羽織った女性が、大木を見上げていた。さっきバッターボックスに立っていた時、視界に入って気になっていたのだ。

あれは、誰や。

人口わずか三五〇〇人の桑田村に、秀和が知らない者などいない。誰かを応援しに来たのかとも思ったが、女性は大木ばかり見つめて、観戦する気はないらしい。

一体、あんなところで、何をやってんねん。

三塁を回った時に、もう一度見たが、既に女性の姿はなかった。

2

「やっぱり探しに行ってくるわ」

仲間が引き止めるのを振り切って、秀和はレフトフェンスを目指した。自身が放ったホームランボールを探すためだった。いや、それは口実で、さっきの女性がやっぱり気になるのだ。

なぜそんなに気になるのか分からなかったが、まだ辺りにいるのではないかという予感があった。

大木のほぼ根本に、ボールは転がっていた。それを拾い上げた時、目の前に女性が立っていた。

秀和に全く気づいていなかったようで、彼女は驚いたように立ち尽くした。強い意志を感じさせる大きな瞳《ひとみ》が、じっと彼を見つめていた。

間近で見ると、意外と長身だ。秀和とさほど変わらなかった。一風変わった彼女の服装のせいか、瞳の強さのせいか、秀和の頭に〝魔女〟の絵が浮かんだ。

「驚かしてしもたんなら、すんません。ボールを取りに来たんです」

秀和は帽子を脱いで頭を下げた。

「さっき飛んできたわね」

女性にしては低い声だった。地元の訛《なま》りがないのも気になった。

「もしかして、ボールが当たりましたか」

まさかとは思いながらも、秀和は聞かずにはいられなかった。

「大丈夫。すごい勢いで飛んできたから、驚いたけどね」

「僕が打ったんです」

女性は興味深そうに秀和の顔を覗《のぞ》きこんだ。よそ者のくせに遠慮がないのも変わっていると思った。

「一つ教えて欲しいんだけれど、ここの地主さんて、どなたか分かる？」

いきなり妙な質問をされて秀和は面喰らった。年は三〇代半ばぐらいだろうか、二七歳の秀和よりは明らかに年上に見える。美人の部類に入る方だと思うが、化粧っけもなく真っ黒な髪で、今どきの女性っぽくなかった。おまけにやたらと威圧感がある。

「知ってますけど。どんな用ですか」

「この桑の木について聞きたいの。それと、後ろの桑畑と小屋のこともね」

「桑の木」がどうしたというのだ。よく茂っている木だが、とりたてて珍しくはない。

女が何を聞こうとしているのか、秀和には見当もつかなかった。

「この木は、ヤマグワじゃなく、真桑なの。これだけの真桑はなかなかない。その上、あそこの桑も元気そうだし」

「はぁ」

「小屋を含めてここを貸して欲しいの。できたら桑も使わせて欲しい」

春の陽気に誘われて徘徊《はいかい》しているだけの、頭のネジが外れた人間かもしれない。あまり関わらない方がいいと思いながらも、好奇心が先走った。

「こんなところを借りて一体、何をする気です」

女性は麦わら帽子を脱ぐと、長い黒髪をなびかせて、当たり前のことを聞くなと言うように即答した。

「決まってるでしょ。カイコを飼うのよ」

3

「カイコを飼うて、その人は何を考えてはるねん」

一家揃《そろ》っての夕食で、細川秀彦《ひでひこ》は驚くというよりも侮蔑《ぶべつ》するように、息子に質《ただ》した。父は桑田村の三分の一の山林と田畑を持つ大地主であり、京都府議会議員の大物だった。彼は酒がまずくなるとでも言いたげに、顔をしかめた。秀和は父親の反応が癪《しゃく》に障《さわ》った。

「大学で、カイコの研究をしてはったんやそうです」

「それやったら、大学でカイコを飼《こ》うたら、ええやないか。わざわざウチの畑使わんでもよろしやろ」

「祖母《ばあ》ちゃんの桑畑が、最適なんだそうです」

村営桑田総合運動場のそばにある約三アールの桑林は細川家のものだ。秀和の祖母が丹誠こめて世話していたので、ここらでは〝祖母ちゃんの桑畑〟で通っている。そのことを、小手川《こてがわ》つかさと名乗ったあの女性に会うまで秀和は忘れていた。

「祖母さまは、もう死なはった。あそこも、わしの土地や」

父は手酌で酒を注ぎながら、息子を睨《にら》み付けた。父の一睨みは、家族に沈黙を強要する合図だ。二七にもなって、未《いま》だに父が苦手だ。なんでびびらなあかんねん、と思いながらも、父の前ではいつも畏縮《いしゅく》してしまう。だが、秀和はこの日だけは引き下がらなかった。久々に打ったホームランが、強気にさせたのかも知れない。

「せやけど使《つこ》てへんし、荒れ放題やんか」

父は口元に運んでいたぐい呑《の》みを、座卓に叩《たた》きつけるように置いた。彼が普段着にしている丹後縮緬《ちりめん》の裾《すそ》に酒が飛び散ったが、気にもしていない。同席していた母と出戻りの姉が、身を硬くした。秀和もいつもの〝びびり〟が出そうになったが、ぐっと堪《こら》えた。

「カイコを飼うって聞いた時に、僕が任されている事業を思い出したんや。父さんにも関係ある事業やろ、蚕糸・絹業提携支援緊急対策事業って」

府議会の地場産業育成部会で部長を務めている父は、友禅染と西陣織の振興に力を入れていた。父の宿願である衆院議員選挙に打って出るための布石だった。

父の態度が変わった。彼をよく知らない人間が、往年の青春スターのようだと褒め称《たた》える温和な顔つきになっていた。

「ほんで、相談って何や」

第一関門は突破したと思いながら、秀和は話を先に進めた。母と姉も、箸《はし》を取り直して食事を再開した。

「その先生はカイコを飼って、生糸を取り、機織《はたお》りまで全部自分でやるって言うてはるねん。もし、そんなんが可能やったら、桑田村にとっても、父さんにとっても意味があるんとちゃうかな」

明治以降、日本の工業化さらには殖産興業の先駆者として一世を風靡《ふうび》した生糸の生産は、いまや絶滅と言えるほどに激減していた。そのため政府は養蚕農家に手厚い補助金を支給し、保護に努めている。

にもかかわらず国内和装需要の落ち込み、安価な生糸と二次産品の輸入増加に加え、農業全体の不振と高齢化が重なり、最盛期には二二〇万軒あった養蚕農家は、今や一〇〇〇軒余りにまで落ち込んでいた。止《とど》めは、大阪と京都の織物小売大手が立て続けに倒産したことだった。これによって絹織物市場が一気に冷え込んだ。

そこで、農水省は二〇〇八年二月、遂《つい》に蚕糸・絹業業界に大なたをふるった。今後は養蚕・製糸業から絹織物業や小売業まで一貫した、即《すなわ》ち川上から川下まで一体となった産業連携をはかる提携団体以外には、補助金を支給しない――。

蚕糸・絹業提携支援緊急対策事業は、その補助金を今後受け続けるために立ち上げられたものだ。過去には西の蚕都と言われ、今なお日本の織物業の総本山的な地位を誇る京都にとっては、一刻も早い事業の現実化が至上課題だった。

親孝行の為《ため》にもちかけたわけではない。桑田村役場の農業振興課に籍を置く秀和自身の仕事にも直結すると考えたから相談したのだ。かつて大養蚕村だった桑田村の村おこしの起爆剤として、事業の一端を村で担《にな》う方法を考えるよう、村長直々に命じられていたのだ。しかし父にとっても悪くない話のはずだ。

父親が興味を示したので、秀和は勢い込んで続けた。

「成功したら、大きな話題になるんとちゃうやろか」

「で、その女はどこの誰や」

「出身は熊本やけど今は京都市内に住んではる」

「なんや他所者《よそもん》かいな」

父は村外の者に対して嫌悪感《けんおかん》を示す。

「だから話題になるんやんか。養蚕技術を守りたいという都会の女性が、過疎《かそ》の村に移り住む。これは現代の『鶴《つる》の恩返し』やと思うな」

支離滅裂な話だと思いながらも、ここは押しの一手だと秀和は踏ん張った。

「熊本のどこが、都会なんや」

「京大農学部に籍を置いてるそうやで。市内から越して来るんやったら、都会から来たと言うても嘘《うそ》にはならんと思う」

熊本を田舎と言うつもりはなかったが、父にはその方が通りが良かったのだ。

「なぜ、祖母《ばあ》さまの桑畑がいいんだ」

「繭《まゆ》の善《よ》し悪《あ》しは、桑で決まるねんて。あそこの桑は、自生に近い状態になってて葉が厚く、良い糸を吐くカイコが育つんやて。その上、畑の裏を流れる水路もええらしい。水質がええと、糸が上等になるそうやで」

小手川が滔々《とうとう》と説明してくれたことだ。全部を信じたわけではないが、それを受け売りして何が悪い。

父親が徳利を手にして、飲めと秀和に促した。父が酒を注いでくれるなど滅多にない。どうやら父の不興を買わずに済んだらしい。普段はほとんど酒を飲まない秀和だったが、ありがたく杯を受けた。村で細々と造り酒屋を続ける叔父が特別に仕込んだ酒だ。さらりとした口当たりなのに味わいが深く、通には人気の銘柄だったが、この日は格別においしく感じられた。

「何事にも無気力なおまえが、どないした」

父が不思議そうに訊《たず》ねた。

自分の人生は、一八歳と七カ月で終わった、と秀和は思っている。夏の甲子園に出場し、延長戦を含む四試合四二イニングを一人で無失点に抑え、〝怪物左腕〟と持て囃《はや》された。ドラフトでは、五球団が競合して、意中の球団に一位指名された。それが人生の頂点だった。鳴り物入りでプロ入りしたゴールデンルーキーは、キャンプ、オープン戦で結果を残し、開幕一軍入りも夢ではなかった。

あの日はオープン戦二度目の先発起用で張り切り、初回から飛ばした。そして迎えた四回表、自慢のシュートを投げた瞬間、強烈な痛みと共に左腕の靭帯《じんたい》が切れた。太いゴムベルトが裂けるような鈍い音は、一生忘れられない。

同時に、輝ける人生は幕を閉じた。二年間の地獄のようなリハビリを経ても、二度とマウンドには戻れなかった。そして実家に戻りぶらぶらしていたところを、父親が無理矢理、村役場に押し込んだのだ。

以来、秀和は何に対してもやる気が持てないままでいる。北山杉だらけの山と田畑以外は何もないこの村で、刺激や希望とは無縁の人生を送るのだと諦《あきら》めていた。そんな息子に対し、父はもっと身を入れて働けと口を酸《す》っぱくして怒り続けてきた。なのにいざ息子がその気になると戸惑っている。

「たまには、故郷のために貢献しようと思ってね」

本当は別に理由があった。だが、言えばまた父に蔑《さげす》まれるだけだと思って殊勝なふりをした。

「そんなに、ええ女なんか」

息子に酒をついでもらいながら、父が唐突に切り込んできた。父親の貧困な発想に、秀和は呆《あき》れるしかなかった。

「自分で確かめてみたら、よろしいやん」

人から切り返される事になれていない府議会の大物は、鼻を鳴らした。

「まあ、好きにせい。どうせ、あそこはおまえ名義にしてあるんやし」

思いがけない話だった。父が毎年、弁護士や会計士らと、額をつきあわせて帳簿をいじくり回しているのは知っていた。「選挙用の裏金づくりや」と、親戚《しんせき》から教えられたことがあった。そんな目的で、あの土地の名義も変えたのだろうか。現役意識の強い父が、早々に相続などという隠居じみたことをするわけがない。秀和は詳細を聞こうとしなかった。むしろこれ以上は父にお伺いを立てる必要なしと判断した。

「お祖母ちゃんの蚕具《さんぐ》って、蔵にあるよね」

「そんなんは母さんに聞け。わしは、そのホラ話が実現できそうなら、府のカネでも国のカネでも取ってきてやる。ただな、秀和」

父がジロリと睨みつけてきた。

「中途半端《はんぱ》だけは許さん。やる以上は必ず結果を出せ」

――必ず三振に仕留めてこい。

少年野球の監督を務めた父が、小学四年生の秀和をリリーフとして投入した時の目と同じだった。

だが、父を尊敬し信じていた少年と今の自分は、もはや別人だ。

4

京都市の北西部に位置する桑田郡桑田村は、「鯖《さば》街道」の異名を持つ周山《しゅうざん》街道に沿うように広がる村で、かつては北山杉と養蚕で栄えた。しかし、木材価格の急落と養蚕の衰退で、まともな地場産業のない寒村に成り下っていた。隣接する美山《みやま》町や京北町のように、平成の市町村合併を潔《いさぎよ》く受け入れていたなら、復活の芽もあったかもしれない。だが、鎌倉時代から続く名家の末裔《まつえい》として、桑田を守ってきたと自負する秀和の父と、村長を務める叔父の異常な執念で、合併に背を向け独自の道を選んだ。

翌日曜日の朝、秀和は村唯一《ゆいいつ》の公共の宿泊施設「湯の里マーベリー」に滞在している小手川つかさを訪ねた。

週末だというのに客はなく、がらんとしていた。そもそも行楽客が来て楽しいような村ではない。温泉でもあれば近隣からの客も見込めるが、それもない。何もかも中途半端な村を象徴するような施設だった。

秀和はスタッフを探して帳場を覗《のぞ》いた。同級生の雇われ女将《おかみ》が、トレーナーにジーパン姿でテレビを見ている。

「細川君、どないしたん。朝早うから」

仮にも接客業に就いているくせに、面倒くさそうに訊ねてきた。秀和は呆れながら用向きを告げた。

「そのお客さんやったら、さっき散歩に行くて出ていかはったけど」

そう返されて腕時計を見ると、約束の時刻までまだ一〇分ほどあった。

「ほな、ここで待たせてもらうで。あのお客さん、どんな感じやった」

「どんな感じって、別に普通やけど」

テレビのワイドショーの方が気になるようで、彼女は上の空で答えた。

「ちょっと取っつきにくいんとちゃうか」

秀和が探りを入れても、女将はテレビ画面を見つめたままだ。

「気さくな人やったよ。養蚕に興味があるとか言うてはった。養蚕ってお蚕《かいこ》さんやろ。ウチの祖母ちゃんもやってたて言うてん。そしたら祖母ちゃんに会わせてくれて言われたけど、もう三年前に死んではるしなあ」

よほど養蚕に夢中のようだ。この調子だと村で会う人全《すべ》てに養蚕のことを訊ねるつもりかもしれない。

「あら、お待たせ」

フロントの受付口越しに、噂《うわさ》の主が見えた。秀和は慌《あわ》てて帳場を出て頭を下げた。

「それで、どうでした」

挨拶《あいさつ》もそこそこに、小手川は首尾を訊ねてきた。

この日の彼女も、不思議ないでたちだった。黒のタートルネックに同色のコーデュロイのスラックスを穿《は》き、白い薄衣《うすぎぬ》を羽織っていた。神秘的な雰囲気を感じさせるのは、この薄衣のせいだと秀和は思った。布をたっぷり使った大きなコートのようなのに、とても軽くて柔らかそうで、日射《ひざ》しに透ける感じが美しい。見とれていると、小手川の思いつめたような視線とぶつかり、秀和は焦《あせ》った。

「家の者の許可は取りました。どうぞ使ってください」

「おいくらかしら」

単刀直入に賃料を訊ねてきた。この女《ひと》は初対面の時から会話に無駄がない。まるでロボットのようだ。こんなにきれいな服を着ているのにと、秀和は少しだけ残念に思った。

「借りてくれはるのは、桑畑だけでしたっけ」

「可能なら裏の小屋を住居としてお借りしたいんだけど」

約三アールの桑畑の奥に、蚕小屋があった。だが、軽く二〇年は使っていないはずで、とても住めるような場所ではない。

「住むのは、ちょっと無理ですよ。それに、この辺りは五月上旬ぐらいまで寒いですよ。朝晩の冷えこみがきつい時は、遅霜が立つくらいです。寒くて居られませんよ」

「屋根があれば、問題ないわ」

彼女が断言すると、納得しそうになるから不思議だった。

「でも、電気も通っていません。うちの村はプロパンガスですが、あそこにはその設備もなかったはずですよ」

彼女は、ロダンの「考える人」のような姿勢で考え込んでしまった。

「少し離れた場所になりますが、使っていない民家をお貸しできます」

昨晩のうちに秀和なりに考えた案だった。

「乗ったわ。とても助かる」

即断即決が、彼女の性格なのかも知れなかった。だが、住まいを決めるのに余りに安易な気がした。

「一つ、伺ってよろしいですか」

「何なりと」

「養蚕をされる目的は、何ですか」

「美しい生糸を創《つく》ることよ」

あまりに真っ当な回答にたじろぐと同時に、これ以上あれこれ詮索《せんさく》しても意味がないかも知れないと思い始めた。

「なんでうちの村を選んだんです？」

「良い生糸のため。それ以上の理由が必要なのかしら」

小手川は挑むように、ぐいっと身を乗り出してきた。迫力負けしないよう腹に力を入れると、秀和は本題に入った。

「ご存じだと思いますが、今、日本の養蚕業は、絶滅の危機に瀕《ひん》しています。そのため政府では、養蚕農家のみならず、絹織物小売業までを連携して保護しようという動きがあります」

「それで」

小手川には余り響かない話題らしく、ソファの横に置かれた観葉植物の枯れた葉を摘んでいた。

「養蚕・絹業産業連携の事業にご協力くださるなら、そのための補助金を国から手に入れることも可能です」

「お金に興味はないわ」

そう言うだろうと思っていた。カネの生臭さとは無縁で生きているような風情《ふぜい》がある。秀和が今まで会ったどの女とも、小手川は違った。いや、男でもいない。この女《ひと》は人間として風変わりだった。だからといって、この世の中はカネなしでは生きて行けない。

「でも、あなたがやろうとすることのためには、資金がいるのでは」

彼女は図星と言わんばかりに、両手を挙げた。

「確かにそれは否定しない。でも、施しは嫌いよ」

「産業育成という大義名分があります」

「物は言い様ってこと？　あなた、役場の職員だと言ってたわね。なのによそ者を簡単に信用していいの？」

「役場の職員の仕事は、村のために税金を有効かつ合理的に使うことです」

彼女が笑った。鳥が喉《のど》の奥で鳴くような笑い方だった。目尻《めじり》が下がり、初めて柔らかい表情になった。

「養蚕を始めるのであれば、人手もいるはずです。それは地元の雇用創出にも役立つ。つまり、あなたは村にとって大歓迎すべき客人です」

「いつもそんなに、口が達者なの」

「村一番の口下手で通ってます」

それは事実だ。だがなぜか今日は、いくらでも言葉が流れ出る。

「私、お国の厄介になるのが苦手なの」

「革命でも、やってたんですか」

今度は大きくのけぞって彼女が笑った。

「桑田村では、まだ革命が続行中なのね。それは、全共闘？　それとも鳥羽《とば》伏見の戦い？」

秀和には今ひとつピンと来るものがなくて、曖昧《あいまい》な愛想笑いを浮かべた。それでも、初めて小手川に親近感を覚えた。変人だが少くとも悪人ではないと思った。

「国に厄介になるという風に思いつめなくてもいいんじゃないでしょうか。それにあなたがなさろうとしているのは、むしろ国を助けることになるんですから、堂々と補助金を受けとるべきです」

「美しい絹糸を作るのが、どうして国を助けることになるのかしら」

「養蚕・絹業を復活したいというのが、国の考えのようです」

言ってすぐに後悔した。話が大袈裟《おおげさ》すぎた。

だが、彼女は感心したように秀和を見ていた。

「ちょっと仰々しいけど、絹は日本人の魂だと私も思ってる。私たちは今、その魂を失おうとしている。だから、美しい絹にこだわりたいの」

「村では今、真剣に養蚕復活を考えています。この数年、ずっと村内外に呼びかけてもいます。しかし、なり手がいない。何しろ補助金があった時代ですら、養蚕農家の収入は月に数万円でした。とてもじゃないけれど、それで生計を立てる気になれない。あまりにも非現実的です」

小手川は長い髪を指に巻き付けながら、話を聞いていた。

「じゃあ、私はこの村の救世主でもあるってわけだ」

彼女は皮肉っぽい表情を浮かべた。秀和は気圧《けお》されそうになりながらも、まっすぐに彼女を見据えて頷《うなず》いた。

「いいのかなあ。よそ者をそんなに信じて。私は、とんでもない詐欺師《さぎし》かも知れないよ」

試されているのかもしれない。だが秀和は自分の直感を信じようと思った。

「こんな村、今さら騙《だま》されて失うものはありません。あなたが補助金を取った後、この村から消えても、その時はその時です。それにあなたの、名字です。縁起が良さそうじゃないですか、小手川って。小手姫《おてひめ》に通じます」

「養蚕を全国に広めたというお妃《きさき》様ね。でも、あの伝説は、東北の福島県あたりのものじゃなかったかしら」

小手姫とは、飛鳥《あすか》時代の崇峻《すしゅん》天皇の妃のことで、天皇に疎《うと》まれただけではなく、勢力争いで追放された息子を追って東北まで流れ着き、行く先々で養蚕を教えたと伝えられている。

「よくご存じですね。小手姫が東北へ旅立つまでの少しの間、この桑田の郷に身を寄せていたという言い伝えがあるんです。鎌倉以降、細川家の領地ですが、それ以前は渡来人の秦氏《はた》の土地でした。秦氏は、中国から養蚕製糸技術を伝えたそうですね」

秦氏は桑田村に桑園を持ち、献上品の絹織物は、ここで育てたカイコから織られたものだと言い伝えられていた。

「やけに詳しいじゃない」

彼女はそう言うと、秀和をじっと見つめた。

「農業振興課の前は社会教育係にいたんで、村内の文化財関係は、一応」

業務上致し方なく覚えた知識がはじめて役立った。何となく嬉《うれ》しかった。

「伝説では、小手姫は、ここで秦氏から養蚕技術を伝授されたと言われています」

村内には秦神社があり、その一角に小手姫の像も奉納されている。

秀和が得々と語る合間に、小手川がぽつりと呟《つぶや》いた。

「奇遇ね。実は、私はここに来るまで福島県で養蚕をしていたのよ」

5

秀和の奮闘のおかげで、養蚕復興プロジェクトが急ピッチで動き始めた。桑田村の民家の奥に眠っていた蚕具が、次々と村民センターに集められた。一方で、桑畑から歩いて一〇分ほどの場所にあった民家を無償で小手川に貸与し、それなりに快適な暮らしができるようにリフォームもした。

その間、彼女は「湯の里マーベリー」に泊り、桑畑の整備と蚕小屋の準備に取りかかった。彼女に貸した民家も、母屋《おもや》とは別に蚕小屋があった。

村長を務める叔父を早くから巻き込んだお陰で、府や国からの補助金が出るまでの繋《つな》ぎ資金を村が用立ててくれた。秀和の父は、約束通り京都府から補助金を手に入れてきた。

国の緊急対策事業とは別に、京都府が〝蚕都復活特別振興事業費〟と銘打って、新たに養蚕を始める事業主に対して、一律に支払う補助金だった。金額は立ち上げ資金として二〇〇万円、さらに月々一〇万円の補助が出た。

明けても暮れても日がな一日、時間を潰《つぶ》す以外にやることがなかった地元のお年寄りにも、小手川の手伝いなど雑用仕事を頼んだ。彼らが嬉々《きき》としてこなしてくれたお陰で、村に活気が生まれつつあった。

八十八夜の日、掃き立ての儀式が行われた。掃き立てとは、蚕種《こたね》と呼ばれるカイコの卵を孵化《ふか》させ、飼育を開始する作業を言う。

カイコの卵は暗所低温で保存すると、孵化の時期を調整できる。孵化の準備を整える作業を催青《さいせい》というが、気温二五度、湿度七五―八〇%の状態にして外光をたっぷりと取り入れると、約一〇日で孵化する。体長三ミリほどの焦《こ》げ茶色の剛毛に覆《おお》われた幼虫は、蟻蚕《ぎさん》と呼ばれている。

養蚕の準備が整った日から、秀和は最低でも朝夕二回は、小手川の自宅を訪れていた。そして掃き立て当日はデジタルビデオまで用意して、役場の広報係と共に参加した。

その日の小手川は、いつにも増して神秘的に見えた。特別ないでたちをしていたわけではない。長い髪を後ろで束ね、白のTシャツとジーパン、それに白い薄衣を羽織るいつもと同じ格好だが、彼女の厳《おごそ》かな立ち居振る舞いに、秀和は小手姫の伝説を思い出していた。

最近では軽い冗談を言い合える程度の仲にはなっていたが、毅然《きぜん》と背筋を伸ばして準備に集中する小手川には、声をかけることすらできなかった。

「始めます。カメラは自由にどうぞ」

秀和と広報係は神妙に頭を下げて、彼女に続いた。蚕部屋の中は、少し蒸し暑かった。部屋の中央には畳一畳ほどの作業台が置かれてあり、和紙が奉書のように三重に畳まれていた。この中にカイコの卵が入っている。小手川は両手で丁寧に和紙を開いた。

秀和が遠慮がちに覗《のぞ》き込むと、既に孵化した無数の蟻蚕が白い紙の上でうごめいていた。その名の通り、小さな黒い粒々にしかみえない。

「これが、あんな真っ白なカイコになるんですか」

広報係が感心しながら、カメラを近づけた。それに釣られて、秀和も作業台に近づいた。

「どう、蟻蚕の感想は」

初めて見る生き物をじっと見ていると、小手川が訊《たず》ねてきた。

「顕微鏡で微生物を覗いたような気分ですよ」

「いい表現ね。皆、元気そうだわ」

今まで聞いたことのない優しい声で応《こた》えた彼女は、次の作業に移った。籠《かご》に盛られた桑の葉の上に、蟻蚕をパラパラと捲《ま》くのだ。今朝早くから秀和も手伝って収穫した桑の葉は、二センチ四方に刻まれていた。

「じゃあ、掃くわよ」

籠の桑の葉が和紙の上に移されると、小手川は羽根箒《ぼうき》を使ってその上にカイコをまぶした。

「こうするとカイコは桑の葉の香りに反応して摂食行動を始めるの。しばらくはやることもないし、その間、お茶でも」

囲炉裏のある客間で、秀和らは桑茶をいただいた。少し青くさく苦みのあるお茶が、渇いた喉《のど》に染《し》み通った。広報係が場つなぎのように質問した。

「これで何匹ぐらいのカイコがおるんですか」

「約五〇〇頭ね。カイコは、家畜だから匹じゃなくて、頭で数えるの」

「ひゃあ、五〇〇もおるんですか！　そりゃあすごいわ」

「古い日本の原種を使うと言うてはりましたけど、小石丸ですか。皇室でも育ててはる品種でしょ」

にわか勉強で憶《おぼ》えたことを秀和は訊ねた。

「もっと古い種よ。小石丸などの原種と言われている」

小手川は、茶碗《ちゃわん》を両手で包みこむようにしてゆっくりと桑茶を飲んでいた。

「何て名です」

「内緒」

珍しく茶目っ気を見せて、彼女は惚《とぼ》けた。

「内緒は困りますなあ。それじゃあ、広報誌の記事が書けませんやんか」

広報係に突っ込まれると、彼女は一瞬、表情を強《こわ》ばらせたが、すぐに気を取り直して名を教えてくれた。

「小手姫っていうの」

「なるほど、さすが原種にふさわしい名前ですねえ。しかも、村にとっても、めっちゃ縁起のええ名前ですやん、なあ秀君」

一人悦に入る広報係とは違い秀和は、「小手姫」と告げた瞬間、目を逸《そ》らした彼女の態度が気になった。

とりとめもない話が三〇分ほど続いた後、彼らは再び養蚕部屋に戻った。小手川は戻る時にヨモギを摘み、両手ですり合わせた。秀和が不思議そうに見ていると、「消毒よ」と教えてくれた。それなら秀和も知っているが、彼女がやると何かのまじないのように思えてしまう。

小手川は蚕棚に向かうと、蚕座と呼ばれる大きな長方形の竹の籠を取り出した。そして、再び桑の葉を竹籠へ移した。

桑の葉には、蟻蚕がたくさんへばりついていた。それごと蚕座に滑り落ちても、ほとんどの蟻蚕は、しっかりと葉にしがみついている。

これからカイコは、約二週間をかけて四度脱皮を繰り返し、やがて糸を吐き繭を作る。秀和がこの作業を実際に目にしたのは初めてだった。羽根箒で軽やかに掃く小手川を見ながら、体長三ミリぐらいの小さな蚕が、何十倍もの大きさの桑の葉に食らいついて小さな穴を開けつつあることに感動していた。

「その箒は、何の羽根です」

息を詰めてファインダーを覗いていた広報係が訊ねた。

蚕座を棚に戻した小手川が、羽根箒をカメラにかざしながら答えた。

「鷹《たか》の羽根よ。鷹の羽根が愛用されたのは、『一富士二鷹』と縁起が良かったから。昔は、孵化したカイコが弱かったり、蚕室の状態が悪かったりで全滅することも少くなかったの。それであらゆることに縁起を担《かつ》いだそうよ。他にも火中にあっても雛《ひな》を守るという雉子《きじ》や、山のように繭がとれるようにと山鳥の羽根を使う人もいる」

一つ一つに意味があり、一つ一つに祈りが込められている――。秀和は神妙な面持ちで、小手川の説明を聞いた。

ここまで何かに徹底して打ち込める姿が、僕にはあるのだろうか。

秀和は野球から離れた後の体たらくを、心から恥ずかしいと感じていた。

6

掃き立てから五日後の夜、秀和は大吟醸の五合瓶を持って、小手川つかさを訪ねた。

叔父の蔵で一番人気の酒で、酒は飲める口だと言う彼女なら喜んでくれると思ったのだ。ここ数日、特別事業の申請作業に追われていて、すっかりご無沙汰《ぶさた》になってしまったことへの詫《わ》びの気持だった。

トレーナーにジーパン姿で、髪も垂らしたままのつかさが迎えてくれた。

秀和が持参した酒を手に、囲炉裏に陣取ると、すぐに彼女もはす向かいに胡座《あぐら》で座り、さっそく乾杯した。

閉め切った部屋は、炭の匂《にお》いがした。昼間はいつも縁側の障子が開け放たれていたので、こんな匂いがすることに気づかなかった。壁や天井に、この家の生活が刻まれているのだと、秀和は今さらながら新鮮に感じた。明かりは部屋の二隅に置かれたランプだけだった。天井から山の闇《やみ》が降りてくるような空間は、秀和を懐《なつ》かしい気分にさせた。囲炉裏には輝くような朱色の熾火《おきび》が見えた。

「全《すべ》て順調ですか」

「おかげさまで、みんなによくしてもらっているわ」

旨《うま》そうに大吟醸を飲み干した彼女は、満足げに答えた。

毎日、村民が何人か訪れて、桑の葉の収穫や運搬、さらには、雑草取りなどを手伝っている。また、製糸に必要な座繰り機を土間に設置するための準備を手伝う者もいた。

それ以外にも、畑で穫《と》れた野菜や果物、家でこしらえた料理を届けに来る者がおり、彼女の家はにわかに村のサロンと化していた。

「何だか、人の出入りが多そうですが、気疲れするんやないですか。村の者《もん》は皆ヒマなんで、黙ってたらなんぼでも来ますよ」

「大丈夫よ、適当にあしらってしまうこともあるけれど、みんな、気のいい人たちだからね。久しぶりにカイコを育ててみたいと言う人も出てきたわよ」

不思議なものだ。以前はあれほど呼びかけても、将来性のない養蚕など誰も見向きもしなかったのに、他所《よそ》から来た者が波紋を起こすと、急に皆そわそわし始める。

「昔取った杵柄《きねづか》が役に立つのは、お年寄りにとっても喜びですから。その機会を与えてもらったのは何よりもありがたいです」

「そう言ってもらえると張り合いがあるわ。あ、そうだ、独断だったけど、あと一枚蚕紙を頼んでおいた。来週ぐらいには届くはずよ」

「他にも養蚕やる人が出てくるとしたら、本格的に桑園の整備も必要ですね」

本格的に養蚕をするなら、最低でも一アールの桑畑が必要だった。祖母《ばあ》ちゃんの桑畑は年輪を重ねた太い桑が多く、葉の生育も良いため、しばらくは葉が不足することはないだろう。だがこれを機に何軒も養蚕家が復活するとなると、休耕田や荒れた畑を整備して桑園を作る必要があった。それらの費用も、事業許可が下りれば調達できるし、農林関係の補助金を充当することも可能だった。

「ところで一つお尋ねしたいことがあって。完成した織物の扱いなんですが」

「扱いって」

相当に〝いける〟口なのだろう。つかさは一気に酒をあおった。

「いずれは反物を織られるそうですが、それは販売可能ですか」

「非売品よ」

つかさが即答した。予想はしていたが秀和は困惑した。

「あなた方が目論《もくろ》んでいる川上から川下までの養蚕絹業復活は、売らなくちゃお話にならないのよね」

そこまで分かっているのであれば、何とかしてくれないだろうか。秀和は縋《すが》るように彼女を見つめた。

「申し訳ないけれど、まだ売れない」

「まだ、ですか……」

「そう。試作品段階だから。商品にはならないわよ」

きっぱりしたその口調に申し訳なさは微塵《みじん》もない。

「じゃあ、残った糸を譲ってもらうのはどうでしょう」

秀和は遠慮がちに口にしたが、彼女は分かってないわね、と言いたげに首を振った。

「まだやり始めたばかりだから、どれだけ良い糸が取れるかわからないの。もしかしたら、一反にもならないかもしれない。特に小手姫は野生種に近いから、糸を余り吐かないの」

一般には、二万頭のカイコが吐いた絹糸の量では、織物五反分になるのがせいぜいだと言われている。そこで、より上質で大量の生糸を取るために、カイコは長年にわたって品種改良され続けている。その成果は凄《すさ》まじく、最近のハイブリッド種と呼ばれるカイコともなれば、一頭で一二〇〇メートルから一五〇〇メートルもの生糸を吐く。小手姫の糸を吐く量が、それより少ないというのはうなずけた。

だが、そうすると川下の絹織物小売業を巻き込めなくなる。それでは村挙げての協力は無駄骨になるのだ。今夜、酒持参でつかさを訪ねたのは、その辺りを何とかできないか相談したいという気持もあった。

「あと、二、三回待ってもらえれば、何とかなるんじゃないかしら。どうせ、あの補助制度は、三年以内に結果を出せばいいという猶予《ゆうよ》期間があるんでしょ」

垂直統合を完成させるまでには、最低でも三年間の猶予がある。しかも府や国の連中は「おそらく、もう少し先延ばしもできるでしょう」とも言っている。ならば、無理をする必要はなかった。

「分かりました。待ちます」

彼女は手酌すると、考え込むような目つきで、ぐい呑《の》みを見つめた。

静かだった。その時初めて、秀和は、民家の脇《わき》を流れるせせらぎの音を聞いた。じっと耳をすませていると、単調だと思っていた水音は、一瞬ごとに音が変わる。淀《よど》んだり渦巻いたり流れが速くなったり。音だけで水の様子が想像できた。同じ村に住みながら、自室にいる時はゲームかオーディオの音にまみれている秀和にとって、つかさの民家は新鮮だった。

あまりにも心地よくこのままいつまでも黙り続けてしまいそうなのが恐くて、秀和が無理に沈黙を破った。

「今回仕上がった試作品を、京都の織物業者に見せることはできますか」

彼女はまた酒を飲んだ。その間、秀和は部屋の中を見渡した。最低限のリフォームはしていたが、築四〇年ほど経《た》つ木造の民家は、至るところに年輪を感じさせた。ランプの灯りだけでは、部屋の隅々にまで光は届かない。だが、それが却《かえ》って安らぎを与えてくれた。

家財道具もほとんどなく来るたびに殺風景だと思っていた部屋が、今夜は全然違って見えた。

「いいわ。但《ただ》し、納得のいくものが織れなければ、その時は諦《あきら》めてもらうわよ」

「もちろんです、ありがとうございます」

彼女が申し出を受けてくれたのに気をよくして、秀和は思い切って切り出した。

「もう一つ、訊《たず》ねてもいいですか」

「何なりと」

酒と炭火で火照《ほて》ったつかさは、艶《つや》っぽく見えた。そんな彼女に見つめられて、不覚にも秀和はときめいてしまった。思いがけない感情を振り払うように酒を飲んで、気合を入れた。

「なぜ、桑田を選びはったんです？　養蚕をやるなら栃木や埼玉の方が、いろんな意味で便利やないですか」

そこまで言った時、つかさの様子が変わったのに気づいた。視線はこちらを向いていたが、焦点は別のところに結ばれているように思えた。もっと遠くの別の何かを見ている。そして別の何かを想《おも》っている。この人はどこから来たんだろう――。すっかりトレードマークになったあの薄衣《うすぎぬ》のように実体がありそうでない頼りないもの。秀和はふと、祖母ちゃんが昔教えてくれた〝天女の羽衣〟を思い出した。

「それは、きっと小手姫のお導きよ」

しばらくの沈黙の後でそう答えた彼女は、静かに小さく笑った。秀和も釣られて笑ってしまったが、頭は現実に戻った。今の答えでは納得できない。

「小手姫伝説なら、会津の方が有名ですやん。もともとあなたは、そこで養蚕をされていたわけでしょ」

秀和は不思議で仕方なかったのだ。彼女の養蚕に注ぐ情熱は並大抵のものではない。たまに「田舎暮らしが憧《あこが》れだった」と言いながら桑田村に現れる都会人のように、浮ついたものはまったくない。その上、彼女の情熱が、桑田村民を動かしているのだ。そもそもこれだけ真剣に絹の美を求めている人間が、行き当たりばったりで桑田を選んだとは思えない。

理屈ではなく、彼女の本音を、知りたかった。この国から忘れ去られ捨て置かれた村に何か魅力があるならば、行き詰まった現状を打破するきっかけを、秀和自身も見つけられるかもしれない。

「養蚕の適地でありながら、誰も養蚕をしていない場所を探していたの」

つかさは遠くを見たまま答えた。

「なぜです」

つかさが答えるまで間があった。やがて迷いを振り切るように言った。

「私がやりたかったのは、養蚕の常識を破ることだったから」

常識を破れば非常識になる。それは昔ながらの養蚕絹業復活を願う桑田村と折り合うのだろうか。秀和はすぐには言葉を継げなかった。

小さく肩で息をした彼女は、手元にあった火箸《ひばし》で、囲炉裏の炭を裏返し始めた。新鮮な空気が入り込み、不完全燃焼だった部分から赤い炎が上がった。

「ごめん。言い方が悪かったわ。養蚕は、この一〇〇年で、限りなく工業になっていったでしょ。それに伴い、カイコは育てやすく、均一で大量の糸を吐くサイボーグとして改良を重ねられた。それが現代養蚕の常識でしょ。でも、私は別の方法で絹を手にしたかったの」

「ロハスとかいう奴《やつ》ですか」

出戻りの姉が一時凝っていたために、覚えた言葉だった。

「それは人間にとって都合良い生き方でしょ。ちょっと違う」

火箸を囲炉裏の端に戻した彼女と視線が合った。艶っぽさが消え、憂《うれ》いが見えた気がした。

「誤解を承知でいうとね、カイコが一番気持ちの良い環境を提供したかったの。人間の都合ではなく」

それでも養蚕である限り、カイコは蛹《さなぎ》の段階で殺されるのだ。それは、人間の都合といわないのか。秀和は何と答えていいかわからなかった。

「もちろん、糸を取るために繭《まゆ》をゆがくんだから、カイコが気持ちいいわけはないわね。だから、私も勝手なのは変わらない。ただ、カイコに対して敬意を払いたいの」

つかさがカイコに接する姿を思い出した。そうだ。彼女はいつも敬虔《けいけん》と言えるほどの情熱をカイコに注いでいた。製品を作るためにいずれ命を奪うのならば、それまでは感謝を持って精一杯大切にするべきなのだ。産業を支える原材料ではあっても命は命だ。自分たちの都合のよいように扱っていい命など、ない。そこにつかさはこだわっているだけだ。

「分かる気がします」

「桑田を選んだのは、カイコにとっては最高の桑があったから。それが一番の理由。会津の桑は、彼らに合わなかったの。それと、冗談ではなく小手姫のお導きもある」

からかわれている気がしてきた。秀和は、自分の杯に酒を注ぐと、珍しく一気にあおった。いつもなら、むせるはずの酒があっさりと喉《のど》を通った。

「会津で話を聞いたの。もともと、カイコの小手姫は、京都の桑田という村で生まれたらしいと。秦《はた》氏の時代に、彼らが大事にカイコを育てていたという文献も残っていると聞いたわ。それなら行くしかないでしょ」

つかさが笑った。秀和は不意に、彼女を美しいと感じた。

「不思議な縁ですね」

「だから、私もダメ元で、来たの。そしたら、あんな素晴らしい桑の木が自生しているじゃない。これは小手姫のお導きだと思ったわ」

いや、これは縁じゃないな。小手川つかさという人の強い想いに、桑田村が反応したんだ。

縁にも運にも見放されたと思って、腐っているばかりだった。つかさは自ら動いて縁を引き寄せた。秀和は自分の無気力を恥ずかしいと思った。

「そうだ、今日はまだおカイコ様、見てないでしょ。ちょっと、面白いものを見せてあげるわ」

秀和が答える前に彼女は立ち上がっていた。酒を過ごしたせいでふらつきながら、秀和は続いた。

酔ってはいても、彼女は白衣をきちんと羽織り、いつも通りヨモギで手を丁寧に消毒してから蚕部屋に入った。中は真っ暗だった。できるだけ自然の状態に近づけるため、明かりを極力つけないようにしているのだ。

月明りを頼りに、つかさが蚕座を棚から下ろした。不意に懐中電灯がつけられた。闇《やみ》に浮かび上がったカイコは体を天にのけぞらせた状態で、ピクとも動かなかった。

「今、眠《みん》に入っている」

カイコは繭を作るまでに、四回脱皮する。そして脱皮の直前に、丸一日微動だにしない眠という状態になる。目の前のカイコは、生き物というよりオブジェのようだ。

「会津では、最初の眠を『ししのよどみ』と呼ぶの」

「獅子《しし》って、ライオンですか」

「そう。二眠を『たかのよどみ』、さらに『ふなのよどみ』『にわのよどみ』と呼んでいる」

天竺《てんじく》の姫が継母にいじめられて、四度捨てられたにもかかわらず生き延びたという蚕伝説が、東北にはあるのだという。獅子や鷹《たか》というのは、捨てられた時に被《こうむ》った災難を指しており、それでも生き延びた姫は、舟に乗せられて日本に漂着、直後に果ててカイコに変身したのだという。

「へえ、なんや神秘的な話やなあ。桑田村でも、そう呼びましょうよ」

「まあ、お好きに。そしたら、もう一つ良いものを見せてあげるわ」

懐中電灯を消し蚕座を元に戻すと、つかさは隣の部屋へと案内した。窓のない部屋で、蚕部屋に比べるとひんやりしていた。

「ちょっと待ってて」

彼女はそういうと白衣のポケットからライターを取り出し、部屋の数カ所に置かれていたロウソクに火を灯した。衣桁《いこう》に掛けられた一枚の白無垢《しろむく》の振り袖《そで》が、あたたかな光の中に浮かびあがった。

　着物の正面に置かれた一際《ひときわ》太いロウソクに火が灯されると、振り袖は光を反射してキラキラと輝いた。

「これが、小手姫で織った振り袖よ。会津の人たちと苦労して織り上げたの。残念ながら、私一人では、ここまでできない」

　太いロウソクを手にしたつかさが、光源をゆっくりと揺らした。

　最初は目の錯覚か酔いのせいだと思った。ロウソクの光が動くたび、白無垢の色や艶が微妙に変化するのだ。

「まるで星屑《ほしくず》が、着物の中に入っているようですね」

「うまい表現だわ。その通り。これが、私が目指している風合い」

　風合いとは、着物の良さを表現する言い回しだった。今までにも何度か、秀和は「美しい絹とはどういうものか」と訊ねたことがある。そのたびに、つかさは「得も言われぬ風合いを放つ」というだけで、具体的なことは何ひとつ教えてくれなかった。

　絹業の世界では、風合いの定義があった。軽くて柔らかく、光沢とドレープ性、そして肌触りの良さだと言われていた。にわか勉強を開陳して、彼女にぶつけたこともあったが、いつもはぐらかされてきた。

「風合いとは、もっと感覚的なものよ。だから、人によって表現は様々。ただ、これと言った明確な表現はできないけれどもいくら見ても飽きないほどの光を自ら放つ絹がある。それを私は風合いと呼んでいる」

早朝に桑を摘んでいる時などに、そう教えてくれたこともあったが、曖昧《あいまい》すぎてわからなかった。だが今、目の前の白無垢は、神々《こうごう》しい光を放っていた。そして、思わず触れてみたくなるようなしなやかさは秀和にも感じられた。

「触ってもいいですか」

彼女は「ちょっと待って」と言って、秀和の両手をアルコール消毒してから許可した。

恐る恐る手を伸ばして、白無垢の袖に触れてみた。

「えっ」

思わず声を上げずにはいられなかった。サンプルを手に取った時の繭の軽さを思い出した。

「軽いでしょ。本当の日本の絹の凄《すご》さは、軽さなのよ」

彼はうなずき、少し表面を撫《な》でてみた。何かの加工を施しているのかと思うほど、なめらかな手触りだった。

「小手姫の糸は節があると言ってましたけど、感じませんね」

「それはね、糸を繰る人の腕が超一流だから」

まるで赤ちゃんの肌のような、思わずほおずりしたくなるような感触がたまらなかった。

「僕らは、こんな凄い絹を創《つく》ろうとしているんですね」

「そうよ、やる気になった？」

「感動するほどに」

つかさがロウソクを掲げた。ロウソクの火が秀和の顔に近づいたが、炎のぬくもりが心地良かった。

「結構。一つだけ覚えておいて欲しいんだけれど、私が目指しているのは、産業じゃない。〝道《どう》〟よ」

「〝道〟って、華道とか茶道の道ですか」

「武士道や武道に近い。深い精神性に根付き、自然との共生から生まれる自然崇拝の魂」

ロウソクの炎が照らすつかさの目には、白無垢にまけないほどのまばゆい輝きがあった。

「大量生産を可能にし、均一な品質を維持したようなものは自然の恵みでもなんでもない。日本の養蚕業がダメになるのは、自業自得《じごう》。自然への感謝の気持ちを忘れ、カネの亡者《もうじゃ》に成り下がったからよ」

何事に於《お》いても徹底する彼女の行動力の源に、秀和は触れた気がした。

「養蚕・絹業は、産業じゃない。〝道〟なの」

7

「今すぐ、街まで出てくるんや」

激しい雨が降る午後、役場で文書作りに追われていた秀和の携帯電話に、父から一方的な呼び出しがあった。

「今日は無理やなあ。製糸の準備で、もうてんてこまいやねん」

「その話で、どうしてもおまえの耳に入れておかなあかん話があるんや。ええな、一時間後に宝ヶ池プリンスのラウンジや」

反論する前に、電話は切れていた。相変わらずの横暴に腹が立ったが、電話の声にただならぬものを感じて、渋々腰を上げた。小手川宅に行くと偽って役場を出た秀和は、愛車のハリアーに乗り込んだ。雨が激しかったが、宝ヶ池までなら四〇分もかからないはずだ。道すがら父が何を慌《あわ》てているのかを考えたが、見当がつかなかった。京都国際会館のほぼ正面にあるグランドプリンスホテル京都は、地元では昔の名前の方が通りが良かった。秀和はもやもやした気分のまま、車を駐車場に止めた。

時間にルーズな父が、既に待っていた。

「どないしたんや、父さんが先に来てるやなんて。せやからこんなどしゃ降りやねんな」

だが、父親は息子の冗談を無視して、いきなり本題に入った。

「あの女の噂《うわさ》を聞いた」

つかさのことだった。父はいまだに彼女を名前で呼ぼうとしない。

「京大の農学部の教授《せんせい》と昨夜《ゆうべ》、たまたま飲んだんや。で、その教授の話では、あの女は助手で、確かに農学部に籍を置いてたけど、三年前に突然、大学から姿を消したというんや」

不穏なものを感じた。運ばれてきたアイスコーヒーにミルクを混ぜながら、秀和は気持ちを落ち着けようと努めた。

「あの女の専攻を知ってるか。ゲノムやそうや。遺伝子工学やで。将来を嘱望されたエリートやったらしいで」

話の展開が見えなかった。しかし決していい話ではないのは間違いなさそうだ。父親は、さらにまくし立てた。

「プラチナボーイというカイコの品種がある。オスしか孵《かえ》らんという品種やそうや。えらい稀少《きしょう》なもんらしく、その糸だけを使《つこ》た男性着物は、めちゃめちゃ高いらしい」

名前ぐらいは知っていた。雄のカイコが吐き出す糸は、雌に比べて量が多くしかも丈夫で細いと言われている。そのためプラチナボーイは、夢のカイコとも呼ばれている。

「何でも致死遺伝子とかいうのを応用して生み出すそうや。ただ放射線を照射してプラチナボーイを生産するのは、手作業やったそうや。量産もできひんし、課題も多い。それを彼女は遺伝子レベルで改良して、大量生産に適したもんを創るのに成功したんや」

それは事実なんだろうか。自分が知っているつかさと、父が言う女性研究者が、秀和の頭の中で一致しなかった。

「その成功の直後、あの女は大学から姿を消した。何よりけしからんのは、研究成果を全部コンピュータ上から抹消し、自分の手で創り出したくせにダイヤモンド・シルクという種を全部殺していったことや」

――日本の養蚕業がダメになるのは、自業自得。自然への感謝の気持ちを忘れ、カネの亡者に成り下がったからよ。

あの夜、炎で揺れていたつかさの厳しい顔と言葉が蘇《よみがえ》ってきた。

「さらにあの女は、日本最古のカイコと言われている日本丸という原種を、大量に盗んでいったそうや」

それを小手姫と名付けたのか。

掃き立ての時に、村役場の広報係がカイコの名を訊《たず》ねたら、一瞬つかさは躊躇《ちゅうちょ》した。

その意味がようやくわかった。

「おい秀和、聞いてんのか」

「ごめん、ちょっと他のこと考えとった」

「しっかりせんかいなぁ。ええか、あんな古くさい養蚕やのうて、何が何でもダイヤモンド・シルクを創ってもらえ。あの女は金のなる木や」

父の目がギラついていた。秀和は不愉快だったが、やんわりと反論を試みた。

「けど、彼女が今育ててはるカイコも、ええ糸吐くみたいですよ。小手姫伝説のある

「あほ、何をガキの夢物語を言うてるんや。ダイヤモンド・シルクがあったら桑田は大復活や。どんなことしても、あの女にやらせろ。大学のデータは消しても、自分のデータは絶対持っとる。最悪、そのデータだけでももろてこい」

反射的に、秀和の拳《こぶし》がテーブルを叩《たた》いていた。

「父さん、小手川さんの養蚕のやり方について、僕らがごちゃごちゃいう権利ないでしょ」

「おおありや。わしらは、あの女に税金つぎ込んでんねん。わしらかて元は取らなあかんやろ。縁もゆかりもない女を庇《かば》う暇があるんやったら、たまには親孝行でもせんかい」

語るに落ちたと思った。父は、そのハイテク繭《まゆ》を京都の呉服界に提供して、政治家として恩を売りたいのだ。

「話は、それだけか」

怒りのあまり、秀和は立ち上がっていた。

「おまえがよう言わんのやったら、わしが説得するまでや」

「したければ、どうぞ。けど、それで彼女がまたどっかへ消えたら、あんた、大恥かきまっせ」

父親を初めて「あんた」と呼んでいた。同時に秀和は、今までずっと溜《た》まっていた何かを、一緒に吐き出した気がした。

8

「遺伝子の世界に、トランスポゾンという言葉がある。転移因子と呼ばれている遺伝子で、ある染色体から、別の染色体に突然移動するの。致死遺伝子をカイコに組み込むために、私はそれを利用した。遺伝子を運ぶバキュロウィルスを用いてね」

三日悩んだ末に、秀和は再び酒を持って、小手川宅を訪ねた。強風が吹く荒れ模様の天気だったが、元気に育ったカイコはじっと静止して最後の眠に入っていた。

囲炉裏端で胡座《あぐら》をかいて向き合うと、洗いざらい訊ねた。つかさは思ったよりもあっさりと認め、大学での研究について話し始めたのだ。

「効果は絶大だった。従来の方法の何倍も早くかつ的確に、オスだけを孵化させることに成功した。もちろん、逆も可能になった」

彼女は何度も手酌で酒を飲み続けていたが、秀和は止めるつもりはなかった。

「でも、致死遺伝子は危険な遺伝子なの。競争相手の品種を絶滅させることだって可能。本気で悪用したら、世界中を男だけにもできるかも知れない。しかも、バキュロウィルスで植え付けるとなると、予想もつかないことが起きる可能性があるのよ」

カイコを育てている時とは、別人のようだった。研究室でどんな思いをしていたのだろう。つかさの虚ろな目はまるで深い穴のようで、秀和は見ているのが辛かった。

「人間より遥か昔からこの地球に生存するウィルスには、未だに解明されていない謎が無尽蔵にある。我々人類が制圧しコントロールしたつもりのはずが、ゾンビのように復活したり、暴走を始める。それで怖くなったの。だから、自分の成果を全部燃やしてしまった」

つかさは再び酒を注いだ。呆れるほどのピッチの速さで、一升瓶の中は半分ほどに減っていた。もう一杯呷った後で、つかさは激しく噎せた。長い黒髪が乱れて、彼女の顔を覆い隠した。さすがに心配になって秀和が背中をさすろうと腰を浮かせた時、ようやく彼女は顔を上げた。それまでずっと逸らされたままだった彼女の瞳が、秀和の方を向いた。

「私、これまでと正反対のやり方で、世界一の風合いの絹織物を生み出そうと決めたの。そもそも均一なもので生まれる人工的な風合いなんて、本物じゃない。種々雑多な、でも一本一本に個性がある糸で、本物の絹を創りたかった……」

強風が雨戸を何度も叩いた。雨も降り始めたようだった。

「私のカイコはね、成虫になれば飛べるのよ。そんなカイコ蛾《が》、見たことないでしょ。野性を取り戻した成虫から生まれたカイコで、バイオテクノロジーが生み出すサイボーグシルクに勝ちたいの。私が望んでいるのは、それだけ」

明るく力強いいつものつかさの声に戻っていた。〝絹の道《どう》〟を説いた時と同じ、決意を胸に秘めた人間の顔だった。

この人は、強い意志で自分の道を切り拓《ひら》いている。

細川秀和の人生は、常に人に振り回され続けた。〝怪物左腕〟が、ただのぼんくらな役場職員になったのも、自分の意志ではない。いや、生まれてこのかた一度も自分の意志で、何かを決めた例《ため》しがなかった。

「私はダイヤモンド・シルクなんて創る気はないわ」

「ならば、ここでの作業はできなくなると言ったら」

「別の場所を探すだけ。その覚悟はあるわ」

つかさは迷わないのだ、と思った。彼女にあるのは、潔《いさぎよ》さだ。なんという強い生き方だろうと秀和は思った。彼女は一人で落とし前をつけてきた。自分は逃げてばかりだった。

「じゃあ、このまま続けてください」

つかさが驚いていた。手にしていたぐい呑みから酒がこぼれるのにも気づいていないようだった。

「何を言っているか分かっているの」

「もちろんです。既にあらかたの申請書は送り終わってます。小手川さんの絹の道を、京都の呉服屋や業界団体が認めてくれるのを、僕は信じてますから。あの輝くような絹織物の価値がわからないなら、呉服屋失格やて言うてやります」

つかさの目が潤《うる》んでいた。

「バカね」

「お互い様です。あなたは、もしかしたらノーベル賞が獲《と》れたかもしれないほどの研究成果を投げ出した。それに比べれば、僕のバカなんてかわいいもんです」

「なぜ、私の申し出を聞いてくれるの。あなた、そういうタイプじゃないでしょう？」

秀和は苦笑いを浮かべて首を振った。

「気まぐれですよ」

「そうは見えないけど。もしかして、あなたも自分で何かを決めたいと思ったんじゃないかしら」

そうだといい。心からそう思った。いや、もしかしたらそうかも知れない。だが、本当の理由は、別にあった。

あの日、久々にバットの真芯《ましん》でボールを捉《とら》えて、ホームランが打てたからだ。そのボールの先にあなたがいた——。

プライド

1

「これは、君がやったのかね」

柳澤良平《やなぎさわりょうへい》が役員会議室に入るなり、渋面をつくった総務部長の田宮に詰問《きつもん》された。

「何のことでしょうか」

居並ぶ役員の一人がわざとらしく鼻を鳴らした。広報室長が席を立ち、一枚の紙を柳澤に差し出した。普段なら軽口の一つも投げてくる室長の顔が強《こわ》ばっている。

「今朝、マスコミ各社にそれを送りつけた者がいる」

そう言ったきり室長は押し黙った。仕方なく柳澤は、手渡された文書に目を落とした。

〝老舗《しにせ》が泣いている。伝統のプディング〟

〝消費期限切れの牛乳を使用〟

〝工場はバイキンだらけ！〟

過激な見出しが目に飛び込んできた。世に言う内部告発だった。

「一体、誰がこんな」

「身に覚えがあるだろう」

まるで犯人に自白を強要する刑事のような物言いで、田宮が詰め寄ってきた。

「これを私が書いたと」

「違うのかね」

創業者一族の専務が、疑いの眼差《まなざ》しを容赦なくぶつけてきた。

「まったく覚えがありませんが」

「だが、ここに記されているのは、以前、君が作成したリポートとそっくりだ」

お前が犯人だろうと田宮に決めつけられて、柳澤は過激な見出しの後に続いた本文を読み始めた。

パリジャン製菓の主力工場である八王子工場では、杜撰《ずさん》な品質管理が後を絶たない。一例を挙げれば、消費期限が切れた牛乳を平気で使用。「どこからも苦情が出たことはなく、大丈夫」と、工場内からの異論も封殺している。

また、コスト抑制を優先するあまりに品質劣化が進み、従来の水準が維持できていない。にもかかわらず上層部は「ブランド力があるから、売れる。なお一層のコスト安に努力せよ」という大号令を発している。

その上、人件費削減という理由で、従業員数を三割も減らし、パート社員の待遇は劣悪を極めている。この堕落した現状に、パリジャンのシンボル、ロコちゃんが泣いている——。

文書に書かれていることの一部については、柳澤も知っていた。ただ冒頭の「消費期限切れの牛乳を平気で使用」という話は聞いたことがない。

「確かに、この文書の一部は、一〇〇年委員会がまとめた建白書に則したものです。しかし、この冒頭にある牛乳の一件は〝初耳〟です」

間もなく創業一〇〇年を迎える老舗洋菓子メーカーのパリジャン製菓は、この機に創業精神に立ち返ろうと、会社の改革プロジェクトを立ち上げた。それが中堅と若手社員二〇人余からなる一〇〇年委員会だ。社内の問題を洗い出し、その改善策を「次の一〇〇年に向けての建白書」としてまとめることを目標としており、全員が使命感に燃えていた。

だが結果的には、主唱者である社長が問題の多さに驚き、建白書を認めなかった。

そのため、社内各所から不満が沸き上がり、会社始まって以来の争議が起きるのではないかと囁《ささや》かれたこともあった。だが、それも、半年以上も前に収束している。

販売促進部の課長補佐である柳澤が、その中心的メンバーであったことは間違いない。だが、基本的に争い事が嫌いな彼は、過激な意見を抑え、経営陣との間に連絡会議を設けるという落としどころを見つけた。「一件落着」までには至っていないが、不穏な火種は消えたと思っていた。

「確か社内の衛生管理面、特に期限ギリギリの食材の利用についても、君は改革を求めていたと聞いているが」

田宮の遠回しな言い方が気に入らなかった。

「おっしゃるとおり、パリジャンの看板商品であるプディングの品質向上を強く訴えました。コスト削減のために、賞味期限ギリギリの牛乳を安く仕入れるなどのやり方は、我が社の信用を大きく損なうと」

「いい加減なことを言うな！　僕らの会社に、そんな事実はない。ありもしない事で、我が社の看板商品にケチをつけるのはやめたまえ」

ヒステリックな怒鳴り声を上げたのは、梁野《はりの》光治《こうじ》社長だった。

パリジャン創業者一族の御曹司《おんぞうし》で、理想を掲げることには熱心なのだが、現場の声を聞く耳は持っていなかった。さらに、自身の経営手腕に絶対の自信があるらしく、一〇〇年委員会から批判的な〝建白書〟が出るなど想定外だったらしい。以来、彼は何かにつけ一〇〇年委員会を目の敵《かたき》にしていた。

けんか腰でいきなり怒鳴られた柳澤は、思わず反論しかけた。賞味期限ギリギリの牛乳を使ってコストを下げていたのは、現場にいる者なら誰でも知っている。だが自らの立場を思い出すと深呼吸して堪《こら》えた。

「その告発文の首謀者が私だとおっしゃるならば、とんでもない濡《ぬ》れ衣《ぎぬ》です」

「潔白を主張する根拠は何だ」

総務部長が間髪入れず訊《たず》ねた。柳澤は背筋を伸ばして、即答した。

「私は心からパリジャンを愛しています。それにたとえ社に対する問題提起の必要を感じたとしても、私ならこんな真似《まね》はしません」

「どんな真似ならするんだ。やっぱり犯人はおまえだろ。あろうことか創業者である梁野惣一郎翁《そういちろうおう》の名を騙《かた》ってな」

総務部長が決めつけるように言い放った。

惣一郎翁名義でマスコミに送りつけた、だと……。

柳澤は呆然《ぼうぜん》と立ち尽くしてしまった。

「正直に言ってくれたまえ。この文書をマスコミ各社に送りつけたのは、君かね」

それまで目を閉じて腕組みをしていた総務担当常務の富永が、穏やかな口調で事実を質《ただ》した。

堪《たま》らなくなった柳澤は、常務に数歩近づいて身の潔白を訴えた。

「断じて、そんな卑劣な行いはしておりません。それに」

「それに、何だね」

柳澤が言い淀《よど》むのを、パリジャンの大番頭と頼られる常務は聞き逃さなかった。柳澤は言うべきかどうかを迷いながらも答えた。

「仮に私が作成したのであれば、見出しにあるような誤った表現は致しません」

「誤った表現とは、何を指すんだね」

「そこには、〝消費期限切れの牛乳を使用〟とあります。しかし、我が社の牛乳は三年余り前から、コスト削減のため、低温殺菌牛乳の代わりに超高温殺菌牛乳を使用するようになりました。皆さんには釈迦《しゃか》に説法かと存じますが、消費期限とは、生物《なまもの》や劣化の早い食品にだけ定められた期限であり、超高温殺菌牛乳は、その対象外です」

本来は、〝賞味期限切れ〟と書かなくてはならないのだ。

常務以外の出席者全員が、告発文に視線を落としている。中には驚いた顔で、隣席者の耳元に何やら囁く者すらいた。

「逆に、それを知っているからこそ、おまえが書いたとも考えられるぞ」

どうしても柳澤を犯人にしたいらしい総務部長が、鬼の首を取ったように言う。だが、柳澤は無視して、常務の反応を待った。

「田宮君、よさないか。我々は魔女狩りをしている訳じゃない。それどころか柳澤君の指摘は、まず我々が気づくべきだった」

常務の冷静な判断を聞いて、柳澤はホッとした。

「すまなかったね、柳澤君。だが、いずれにしても、我々は今、危急存亡の危機にさらされている。広報室長の話では、このままでは明日の朝刊に記事が出る可能性があるそうだ」

自業自得《じごう》だ、と言えれば楽な話だ。だが、こうした事態の可能性を感じながら、手をこまねいていた自分も同罪だと思う。なぜこんな告発文が出たのか。柳澤としては、それが気になった。

「我々には説明責任がある。ここに書かれたことが事実なのか。万が一そうだとすれば、我々はどういう責任を取るべきか。それを夕方五時までに説明しなければならない」

常務の言葉を受けて、広報室長が補足した。

「午後五時に記者会見を開くから、それまでは報道を控えて欲しいとお願いしているんだ」

今は、午前一一時。残された時間は、あと六時間足らずしかない。

「君は長い間、品質管理部にいた。申し訳ないのだが、事実関係の究明をお願いできないかね」

「富永さん、こんな奴《やつ》にやらせていいんですか！」

腹の虫が治まらない総務部長が、憎悪《ぞうお》を剝《む》き出しにして食ってかかってきた。

「じゃあ、君がやるかね。消費期限と賞味期限の違いも分からない事務屋の君が」

田宮は拳《こぶし》を握りしめながら睨《にら》み付けた。だが、富永は全く意に介さなかった。彼は時々、人柄に似合わないようなことを言う。特に相性の悪い相手には冷たかった。

「いいか、午後四時までに、この文書がでたらめだと証明するんだ」

田宮が厳命した。彼は明らかに問題を握りつぶそうとしている。その不実な態度が柳澤には許せなかった。

「もし、この文書の通りだったら、どうしますか」

思わず突っかかっていた。

「何だと」

「その場合は、事実関係を包み隠さず報告してくれたまえ」

常務の指示をしっかりと受けとめた柳澤は、深々と頭を下げた。

部屋を出ようとした背中に、田宮の嫌みが飛んできた。

「いいか、柳澤。裏切り者もちゃんと見つけて来いよ。それができない限り、貴様の疑いは晴れんからな」

それには応《こた》えずドアを丁寧に閉めると、柳澤は遣《や》り場のない憤《いきどお》りを放出するために、深いため息をついた。

2

一体これを書いたのは誰だ。

トイレの個室に籠《こ》もると、柳澤は強く握りしめたせいで皺《しわ》だらけになった告発文を開いた。明らかに八王子工場の内情を知っている人間に違いない。だとしたら牛乳の〝消費期限〟などという初歩的なミスをしたのが解《げ》せなかった。

――逆に、それを知っているからこそ、おまえが書いたとも考えられるぞ。

田宮の言い分も、もっともだ。確かに、絶対にやりそうにないミスを敢《あ》えて犯す方が疑われない。

「だが、結局は俺が、最初に疑われたじゃないか」

そう自嘲《じちょう》しても始まらなかった。とにかく、告発文が事実かどうかを確かめなければならない。しかも時間がない。

やれやれ、こんな厄介事に、どうして俺が巻き込まれるんだ。

彼は自棄《やけ》気味にトイレを出た。販促部に戻ると、派遣の事務職員と部長だけが残っていた。彼らは柳澤に気づくなり、慌《あわ》てて視線を逸《そ》らした。

既に緊急事態の一報は入っているというわけか。彼は机の上を片付けると、部長の席へ近づいた。

「部長もご存じの用件で、八王子工場まで行ってきます」

「ああ、うん。よろしくな」

事なかれ主義の典型のような男は、書類から顔も上げずに答えた。

「それと今日の横浜地区の販促会議、欠席させてもらいます」

午後から、神奈川県の特約店を集めた販促会議があるのだが、この調子では到底行けそうにもない。

「そっちは気にすんな。まあ、しっかり頼むよ」

そう言いながら、部長はゆっくりと顔を上げ、同情を込めた皮肉っぽい笑みを浮かべた。

やりきれなくなった柳澤は踵《きびす》を返すと、自席の椅子《いす》にかけてあったジャンパーと鞄《かばん》を手にした。全社員が持つ濃紺のジャンパーには〝甘い想《おも》い出をあなたに〟というキャッチフレーズと、ロコちゃんという子犬のキャラクターが染め抜かれていた。会社を出ようとした時、二人の男女が柳澤を待っていた。

「俺たちも一緒に行くように言われた」

柳澤と同期の品質管理部課長補佐、安土久志《あづちひさし》が太り気味の体を揺らした。隣には広報室の帆足瑞樹《ほたりみずき》がいた。この二人も一〇〇年委員会のメンバーだった。

「これは心強い。よろしく頼むよ」

安土とは親しいわけではなかったが、裏切り者呼ばわりされた現状では、心底、ありがたい助っ人だった。

彼らは地下鉄とJRを乗り継いで八王子駅に辿《たど》り着いた。そこからタクシーに乗り込んだ時、柳澤は念のために工場に連絡を入れた。

「正面はマスコミだらけだから、西門から入るように――だとさ」

実際、正門前にはマスコミのハイヤーとカメラ、そして人だかりでバリケードができきていた。

「こりゃあ、大ごとだ」

どこか他人事のような安土ののんきな口調が気に障《さわ》った。この男は、いつも真剣味が足りない。それどころか、一生懸命打ち込んでいる者を茶化す悪い癖もあった。そういう彼の軽さを、柳澤は好きになれなかった。もっとも大ごとには違いない。

最近はほとんど使われていない古い門が西門で、ツタが絡《から》まる外壁と一体となった扉はとても開きそうに見えなかった。タクシーを横付けして三人が降り立つと、錆《さ》びた鉄扉が無理矢理開かれ、中から作業服を着た工場総務の若手、井田が顔を出した。

「お疲れ。大変だな」

柳澤が労《ねぎら》うと、井田は肩をすくめた。

「朝からあの調子で、仕事になりません。工場もストップしているので、職人を帰そうとしているんですが、あれじゃあマスコミの餌食《えじき》になるだけなので」

柔らかい日差しがそそぐ春らしい陽気なのに、井田は身を縮めるように敷地内を足早に歩いた。

あと二週間もすれば、桜が満開になる。パリジャン製菓八王子工場の桜と言えば、地元でも有名で、シーズンになると地域の人々にも開放して大勢が桜を愛《め》でた。

その時には、パリジャン自慢のプディングやアイスクリーム、クッキーなども振る舞われる。八王子生まれの柳澤も、幼い頃、両親とここで花見をするのが楽しみだったのを思い出した。

「今年も、楽しいお花見ができればいいですね」

柳澤が桜並木に視線を遣《や》ったからか、今までずっと唇を固く結んで緊張していた帆足が呟《つぶや》いた。実業団女子ホッケー部の主将を務めるスポーツウーマンで、愛嬌《あいきょう》のある容貌《ようぼう》の彼女は、社内ではマドンナ的な存在だった。彼女に対して柳澤がいつも感心するのは、どんな時でも相手の気持ちを慮《おもんぱか》ろうとするその人柄だった。

「そうだな、俺たちが頑張れば、また、素晴らしい花見シーズンを迎えられるよ」

黙々と歩く井田に案内され、彼らは工場長室に辿り着いた。

退職前の工場長の他にもう一人、先客が待っていた。品質管理部長の梁野征司《ただし》だった。

姓が示すとおり、彼も創業者一族だった。現社長の従兄弟《いとこ》で、柳澤より三歳下の三二歳にして既に部長だった。

パリジャン創業者の梁野惣一郎の家訓により、創業者一族として事業に携わる場合は必ず、菓子職人としての修業から始めなければならないとされていた。その際には、マイスターと呼ばれる熟練職人が教育係として就き、パリジャンの味の全《すべ》てを、その鼻と舌、そして全身で覚えるように厳命されていた。工場からスタートして社内の全部署で修業を経た彼らは、最後の総仕上げとして品質管理部長を務めて、ボード入りする。

創業者一族に対しても現場主義が貫かれているせいだろうか、同族経営の弊害のように言われる一族間の争いは、パリジャンには存在しないと言われていた。役員数についても、創業者一族が半数以上を占めてはならないとされていて、オーナー会社が多い菓子業界の中でも、風通しの良い会社として知られていた。

ただ、現社長の梁野光治は、理想主義者だが現場を軽視する傾向があり、そのうえ社外活動も熱心で、一部では政界進出を狙《ねら》っているという噂《うわさ》もあった。また、アメリカのビジネススクールで経営学を学んできたため、原価意識だけが先走り、アメリカかぶれした社内委員会の設置など、老舗《しにせ》の菓子メーカーには不似合いの戦略が目立った。

それに比べると征司の方は、地味で真面目《まじめ》に見えた。

三人が部屋に入るなり彼は腰を浮かせて、心配そうに訊ねた。

「安土さん。本社の様子はどう？」

「まだ一部の者しか知りませんから、静かなもんです。もっともこの柳澤は、告発文の犯人にされて危うくクビになりかけましたけどね」

「おい、よさないか」

柳澤は安土の悪い冗談を諫《いさ》めたが、御曹司は過剰に反応した。彼は柳澤の前に駆け寄ると、恐縮しながら頭を下げた。

「柳澤さん、この通りです。許してください。今回の一件は、本当に私の不徳の致すところで」

「ぼっちゃん、よしてください。誰もあなたを責めてやしませんよ」

工場長の小野寺が慌てて宥《なだ》めた。彼は、八王子工場初の管理部門出身の工場長だった。現社長の就任時に、彼が掲げた「原価計算のできる菓子作り」の一環として、国内四つの工場のトップが、全員製造部門以外から抜擢《ばってき》された。中でも「八王子工場は赤字を垂れ流している」と経営陣から指摘されていたが、小野寺はこの二年間で大幅な財務改善とリストラを断行して、それなりの成果を挙げている。

なぜ、小野寺がこんなに親しげに御曹司に接しているのかが解せなかったが、柳澤は自らの任務を思い出した。

「それで、事実関係の究明の方は」

征司が顔を上げ、救いを求めるように小野寺を見た。工場長は、鷹揚《おうよう》に机の上の数枚の文書を柳澤に差し出した。

「朝から聞き取り調査をした。それを、まとめたものだ」

それには期限切れの牛乳の使用が、過去一年で数回あったと記されている。そのいずれもが、定年退職後に嘱託として再雇用した古株の元マイスターである檜垣《ひがき》道夫の独断によるものらしい。さらに、調査文書は糾弾を続けていた。

事実関係を檜垣に問い質《ただ》したところ、賞味期限切れの牛乳を捨てるに忍びなく、自身の鼻と舌で安全を確認した上で使用したと答えている……。

悪いのは会社ではなく、一個人だと言わんばかりの内容に柳澤は愕然《がくぜん》とした。

「つまり、告発文は正しかった。しかし、その責任は、一嘱託社員のみにあるということですか」

安土が要約すると、梁野部長の表情が強《こわ》ばり、工場長が渋い顔で頷《うなず》いた。

「まあ、端的に言うとそうなる。私に何の落ち度もないとは言わないが、そもそも檜垣の再雇用を決めたのは、私じゃないからなあ」

保身に走る工場長に嫌悪感《けんおかん》を抱いた。同時に檜垣が生《い》け贄《にえ》にされたことに、柳澤はショックを受けた。

檜垣のことはよく知っている。いや、パリジャン社員の中で檜垣を知らない人間はいない。プディングの独自の製法を創業者である故惣一郎翁《おう》から直伝で教わった世代の最後の職人であり、数々のヒット商品を世に送り出したマイスターだった。

饒舌《じょうぜつ》な安土が、まだ減らず口を叩《たた》いていた。

「たかだか一日賞味期限を過ぎた牛乳を使用しただけ。しかも、それは一個人の判断であり、出荷の際の抜き打ち細菌チェックも合格しているというのであれば、取り立てて騒ぐこともないでしょ」

「いや、それはダメだ。たとえ消費期限ではなく、賞味期限であったとしても、小さな子供の口に入る菓子なんだ。そんな杜撰《ずさん》は許されない」

柳澤とて青臭い正論と承知しつつも、あまりにも無神経な安土の発言は許せなかった。気まずい空気が流れたが、工場長が軽い口調で沈黙を破った。

「まっ、バレてしまったものは、しょうがありません。頭の一つも、下げましょう。しかし、食中毒の被害が出たわけじゃなし、社長にまでお出まし戴《いただ》く必要もないでしょう」

安土といい、小野寺といい、この無責任さは何なんだ。社員の危機感のなさが、柳澤には許せなかった。

「これだけマスコミが騒いでいるんです。本社を会見場にして、社長から事情をきちんと説明して戴くべきです」

それを聞くと、小野寺は露骨に嫌な顔をした。代わりに隣にいた征司が発言した。

「柳澤さんのおっしゃるとおりだと思いますよ。でも、社長は謝りたくないと言ってるんです」

「謝りたくないとは、どういうことです」

「謝れば、損害賠償の可能性だってある。謝るなんぞ言語道断だと」

言語道断なのは、どっちだ。今、我々が気にすべきなのは、食の安全が守られているかどうかだ。なのに訴訟リスクを気にするとは……。これでは、本当にロコちゃんが泣くぞ。

安土もさすがに呆《あき》れ顔を浮かべ、帆足も憤然としていた。

「まあ、柳澤君。誰が記者会見に出るかは、君には関係のない話だ。君は、告発文を書いた人物を探し、事実関係を確認に来た。事実関係は文書の通りだ。檜垣さんには辞めてもらうし、二度とこんなことが起きないような改善策を会見までに捻《ひね》り出すよ」

何を言っても無駄だと柳澤は悟った。

「檜垣さんに会わせてもらえませんか」

創業者の薫陶《くんとう》を受けた者が、本当にそんな過《あやま》ちを犯したのかを、直接聞いてみたかった。

「会ってどうするんだ？」

「工場長のおっしゃるとおり、事実関係をこの目と耳で確かめておきたいんです」

「好きにしたまえ。我々はそこまでつき合い切れん」

「今、どちらにいらっしゃいますか」

「帰したよ。おそらく自宅で、辞表でもしたためているでしょうよ」

柳澤たちに背を向けて窓の外を見ていた工場長は、吐き捨てるように応《こた》えた。

信じられない対応だった。張本人を辞めさせれば問題は片づくと思っているらしい工場長の愚鈍さに腹がたった。なぜ、誰も彼もが、問題に対して真摯《しんし》に向き合わない

のだ。今、起きている問題は、食を提供する者の矜持《きょうじ》を問われているようなものだと

柳澤は考えている。なのに、そう考えている者は誰もいない。

「あの、工場長、ここで記者会見をされることを、富永常務には既にご連絡されまし

たか」

帆足が遠慮がちに訊《たず》ねた。富永常務は、広報室も管轄《かんかつ》している。

「いや、これからです」

「ならば、暫《しばら》くお時間を戴けませんか。私たちは、富永常務の代理で参りました。我々が報告する前に、そういう打診をされると、工場長にもご迷惑がかかるかと」

「そうですよ、小野寺さん。折角、柳澤さんらが足を運んでくれているんです、彼らに仕事をさせてあげましょうよ」

常務の名を出したのが奏功したのか、征司の後押しが効いたのか、工場長は不快そうな表情をしつつも、渋々と頷いた。

「一時間だけ待つ。まあ、待っても、何も変わらないと思うが。皆しがない宮仕えの身だからな。立てるべき顔もあろう」

嫌みな男だと思いながらも、柳澤は深々と頭を下げた。

3

檜垣の自宅は、八王子市内にある。案内してくれると言う井田の軽自動車に乗り込むと、助手席の安土が窮屈そうに体をひねって、後部座席を振り返った。

「何だか、変な話だな」

「何が変なんだ」

「あそこまで調べがついていたら、俺たちをここに来させる必要もないだろうに」

「きっと、本社にはまだ上げてないんですよ」

帆足の言う通りだろう。そして工場側からはこうした取り繕いが上がってくると常務は予想していたから、自分たちを派遣したのではないか、と柳澤は考えた。

「なあ、井田君。梁野部長は、いつ来たんだい」

「よく知らないんです。昼前に工場長室に行ったら、既にいらっしゃいまして」

「そういやあ、部長は、今朝はいなかったな。ボードには確かに八王子工場って書いてあった」

安土が思い出したように呟《つぶや》いた。

「もともと予定があったのか」

「いや、今朝は朝会があったんだが、いきなり欠席したから、急用だと思うな」

「帆足さん、あの告発文は、一体いつ発覚したのか知ってるかい」

「富永常務とウチの室長が知ったのは、出社してからです」

「どこから出た情報なんだ」

「確か、田宮総務部長だったと思います」

あの人には聞けないな……。

謎《なぞ》の鍵《かぎ》を握っている人物が天敵ならば、別の方法を考えるしかない。

「八王子工場は、賞味期限切れギリギリの牛乳を、未《いま》だに安値で仕入れているのか」

そう訊ねると、ハンドルを握っている井田の肩が強ばったように見えた。

「どうやら、そのようです」

「まあ、柳澤、それは言ってくれるな。これだけコスト削減で締めつけられたら、そういうことでもやらないと。そもそもウチのプディングを一個一〇〇円で売るのは無理があるんだ」

品質管理部よりも営業が長かった安土は、つい数字を優先しがちになる。もっとも、年々売り上げも利益も下降カーブを辿《たど》り、工場の機械の入れ替えすら出来ないまでに追い詰められている現状では、品質至上主義は会社の死を招きかねない。それは柳澤も重々承知はしている。

だが削るべきコストは、他にある。それこそが企業努力じゃないのか。低レベルのものを安く売るのなら誰にだってできる。ましてやブランドの信頼を隠れ蓑《みの》にして質の低いものを提供するなど、犯罪行為だ。

車は住宅街の入口で停まっていた。

「あの突き当たりの家です」

昭和五〇年代に建てられたらしい住宅街の片隅で、ひっそりと肩をすくめるように檜垣の家はあった。

「悪いんだが、俺だけで行かせてもらえないか」

一斉にドアを開けた同乗者たちが、怪訝《けげん》そうに柳澤を見た。

「昔、八王子工場で、檜垣のオヤジさんに仕込まれたんだ。俺がこの件を任されたのも何かの縁だ。二人っきりで話したい」

安土と井田は、明らかにホッとしたように快諾した。帆足は何かを託すように柳澤を見つめると、「お任せします」と一言だけ添えた。

柳澤はひとり、昼下がりの人影のない住宅街を進んだ。脳裏に、入社後三年間、八王子工場で〝修業〟をした頃の記憶が蘇《よみがえ》ってきた。

パリジャンに入社した者は、必ず最初は、全国四カ所にある工場で、職人研修を受ける。「パリジャンを知るには、菓子を知れ」という創業者の信条だった。

柳澤が八王子工場に配属された当時、彼らを指導する〝師匠〟のトップが檜垣だった。

頑固一徹で、味と品質の鬼と言われた檜垣は、新人であっても容赦せず、時に鉄拳《てっけん》も飛んだ。そんな檜垣を嫌う者もいたが、彼の妥協しない厳しさと菓子に賭《か》ける情熱を、柳澤は素直に尊敬した。

入社二年目に、念願のプディングのラインに就いた。敢《あ》えてプリンをプディングと呼ぶパリジャン一のヒット商品は、創業者の惣一郎が和菓子職人として修業した後、単身パリに渡り、いくつもの試行錯誤を経て完成させた。

とろけるような口溶け感と、カスタードの濃厚な味わいを、わずか一〇〇円で販売する。〝利益を度外視して、子供たちに夢を届ける〟という創業者の熱い想《おも》いの結晶だった。

パリジャンの〝宝〟ともいえるプディングのラインに就くのは、ステイタスだった。柳澤は仕事に夢中になった。だがある日、こんな檜垣を見たことがないというほど、激烈に叱《しか》られた。使用する牛乳のチェックの甘さを責められたのだ。

――おい、おまえ、牛乳の味見をしたのか。

檜垣に詰問《きつもん》されて、柳澤はアッと思った。交通事故の影響で牛乳の配達が遅れ、一刻も早い牛乳の補給を現場が訴えてきたため、彼は製造年月日を確かめただけでタンクへの注入を許可した。

それを檜垣は見ていたようで、すぐに待ったがかかった。自らのチェックの甘さを認めれば良かったのだが、柳澤は反論してしまった。

——製造年月日は、五日以内でした。規則通りです。

当時は、製造年月日が記されている製品が一般的だった。そこで、パリジャンの検査係と地元保健所の許可を得て、同社では製造年月日から五日以内の牛乳を使うように定められていた。

——数字を信じるなと言ったろ。俺たち職人は、自分の鼻と舌だけを信じるんだ。飲んでみろ!

そう言って檜垣は、牛乳の入ったコップをつきだした。わずかだったが酸味を感じた。

結局、その日、八王子工場のプディングのラインは停まった。そして、牛乳の成分を調べたところ、規定の数百倍のバクテリアのみならず、ブドウ球菌まで見つかった。暑い盛りの八月に保冷庫が故障したというのに、納入業者はその保冷庫に牛乳を三日間も放置し、平然と納入してきたのだ。その事実を知った時の檜垣の目を、柳澤は今も忘れられない。

パリジャンは、寸前でトラブルを防止した檜垣を賞賛した。これぞパリジャンの鑑《かがみ》、マイスターの中のマイスターと称《たた》えられた。

だが、彼は社長賞を辞退した。代替納入先を見つけるのに数日を要し、その間、お客様にご迷惑をかけたというのが辞退の理由だった――。

大学では経営学を真似事《まねごと》程度に学んだ柳澤は、それまで社内に蔓延《まんえん》する徒弟制度について苦々しく思っていた。従業員を〝職人〟と呼び、教育係を〝師匠〟と呼ばせる。修業中には朝五時に叩き起こされ、工場内外の掃除から始まり、真冬でも毎日、機械を水洗いする。過剰なほどの厳しさは〝しごき〟以外の何物でもなかった。こんな旧態依然とした会社が、いつまで持つのかとも思った。

しかし、この一件で檜垣の職人魂に触れた柳澤は、九〇年近くパリジャンの味と安心を支えてきたものを見た気がした。

人は時と共に変節するものだ。かつて尊敬を集めた先輩が管理職に就くなり、保身しか考えない別人に変わってしまうなど、よくある話だ。同様に檜垣も変ったのか……。

最後に、檜垣に会ったのはいつだったか。彼が退職する時に、八王子工場で盛大な送別会が催された時だ。あれは四年前だった。大阪へ出張していた柳澤は、一時間以上遅れて参加したのだが、檜垣はまだ大勢の人に囲まれていた。

普段は表情の乏しい男が、晴れがましい顔をしていたのが印象的だった。彼は、柳澤を見つけると「おう、来たか、インテリ」と声をかけてくれた。修業中、しょっちゅう理屈をこねて檜垣に反論したために、柳澤は「インテリ」と呼ばれていた。酒に強い檜垣が珍しく顔を火照《ほて》らせながら、柳澤の修業時代の暴言と失敗をいくつか開陳して笑いを取った。

そうだ、あの日は結局、午前二時ごろまで飲んだのだ。

——なあ、インテリ。俺はずっと不安だったんだ。結局は単なるへそ曲がりで頑固な男だっただけだと。勝手にパリジャンの菓子に惚《ほ》れ込んだが、会社にとっては俺なんてどうでもいい存在なんじゃねえかってな。

夜も深まったバーで柳澤は、パリジャンに人生を捧《ささ》げてきたマイスターの心の叫びを初めて聞いた気がした。

——だがな、今日で吹っ切れたよ。少なくとも俺が鍛えた奴《やつ》らがこんなにいてくれれば、大丈夫だ。パリジャンは、これからも素晴らしい菓子を作り続けられる。俺は、それが嬉《うれ》しいんだ。

彼はそう言って男泣きした。

昔のことを思い出しているうちに、檜垣と表札が掲げられた家の前まで来たのに気づかなかった。改めて見ると、小さくて古びた家だった。これが菓子業界の雄の味を支え続けてきた男の住まいか……。柳澤は深呼吸してからインターフォンを押した。

柳澤は六畳ほどの応接室に通された。スプリングが心なしか緩んでいるような応接セットがやけに大きく感じられた。それを取り囲むように、テレビや型落ちのステレオセット、旅行土産《みやげ》の民芸品が所狭しと押し込まれた飾り棚、その上には、檜垣が世界中の菓子職人コンテストで手にしたトロフィーが並んでいた。そして片隅には、娘夫婦と孫たちと一緒に笑う檜垣の写真があった。

「散らかっていて申し訳ない。年寄り二人だと、片付けるのもおっくうでな」

檜垣は突然の訪問にも驚かなかった。それが、柳澤の緊張を少しだけほぐしてくれた。

「今朝発覚した告発文の件でお邪魔しました」

檜垣の顔から笑顔が消えた。

「その件については、俺から話すことはない」

「否定も肯定も、されないんですか」

「全《すべ》て、俺の独断でやった」

頑《かたくな》な言い方に、柳澤の胸が痛んだ。だが辛《つら》いからと言って、うやむやに済ませるわけにはいかない。

「全てとは何ですか」

「何だと」

檜垣は端《はな》から喧嘩《けんか》腰《ごし》だった。柳澤は出されたお茶を一口含んでから、〝師匠〟に挑んだ。

「そんな曖昧《あいまい》な言い方をしたら、オヤジさんにぶん殴られました。もっと具体的におっしゃってください」

巌《いわ》のような檜垣の顔が歪《ゆが》んだ。その反応で、柳澤は勘が当たったと感じた。

この人は誰かを庇《かば》っている。いや、誰かではなく、何かかも知れないが。いずれにしても彼は、全ての責めを自分一人で請け負うつもりだ。

「やい、インテリ。貴様、課長補佐にもなって、まだそんな青臭い屁理屈《へりくつ》をこね回しているのか。俺が全部と言えば、全部だ。そんな話をしに来たのなら、帰ってくれ」

言葉とは裏腹に、檜垣は追い立てようともしなかった。ただ悔しそうに己の拳《こぶし》を見つめていた。

「私にすら、本当の事が言えないんですか」

「何だと」

「どうしても解《げ》せないんですよ。舌と鼻で覚えろとたたき込んでくれたオヤジさんが、賞味期限切れの牛乳を使うなんて」

檜垣はいきなり拳で自分の太ももを打った。彼は鼻から大きく息を吐き出してから、話し始めた。

「なあ、柳澤、日本人はいつから、自分の味覚や嗅覚《きゅうかく》を信じられなくなったんだ」

「何の話です」

「消費期限や賞味期限とは何だ。本来ならまだ飲める牛乳を捨てる日か。どっかの外人が、〝日本はもったいないの文化を持った素晴らしい国だ〟と称えたそうだが、そんな文化が、この国のどこにある」

「話をすり替えないでください。私だって現在の賞味期限や消費期限の定義に疑問を感じています。だからと言って、子供たちが食べる菓子のメーカーが勝手にルールを破っていいわけじゃない」

「誰のためのルールだね」

「えっ」

唐突に言われて、柳澤は言葉を詰まらせた。誰のため——、檜垣が言わんとしている意味の深さに思い当たった。檜垣は弟子の戸惑いに気づかず、膝の上に握りしめた拳を睨《にら》みながら続けた。

「何かあった時に、世間から後ろ指さされないための方便じゃないか。その結果、大量の生鮮食料品が毎日捨てられている」

「現在、我が社でもリサイクルで、再利用できるシステムを――」

「何がシステムだ。おまえ、毎日牛乳を捨て続けてみろ。自分がいかにきれい事しか言っていないか分かるはずだ」

「あなたは、私に数字なんぞ信じるなとおっしゃった。その言葉は、私にとって座右の銘です。一瞬たりとも忘れた事はありません。たとえ賞味期限前でも、少しでも臭《にお》いや味に違和感があったら使用禁止を命じていたオヤジさんが、その逆をやったなんて信じられません」

そう言っても檜垣は首を強く振るだけだった。

「逆じゃない。同じ事だよ。食べるものがない頃に、一杯の牛乳、一握りの砂糖を味わった幸せを知っている俺には、体に何の害もない食物を捨てるなど堪え難い行為なんだ。もう帰ってくれ」

玄関に、安土と帆足が立っていた。ばつが悪そうに安土が言った。

「今、工場長から連絡があった。檜垣さんをお連れするようにとのことだ。三〇分後に、工場で会見を開く」

4

「まだ十分に安全で飲用可能な牛乳を捨てるに忍びなく、私の一存で使用を許可しました」

大勢のマスコミの前でも檜垣は、臆《おく》さず一人で罪を被《かぶ》った。檜垣の他に、小野寺工場長と品質管理部長の梁野の三人が壇上で並んでいた。

「あなたは、パリジャンのカリスマ的マイスターだったそうですが、昔からこんな杜《ず》撰《さん》な事をされていたんですか」

記者の質問に容赦はなかった。檜垣は相手を呪《のろ》い殺すような目つきで睨み付けた。

「パリジャンのプディングを食べたことは」

「ええ、ありますよ」

「それで、腹を壊された経験は」

「ありません」

記者は渋々降参した。

「おたくの食されたプディングも、私が確かだと判断した牛乳と卵で作ったものだ」

ある意味、見事な切り返しだった。それより目も当てられなかったのが、品質管理部長の方だった。記者に、檜垣の行為を知っていたのかと訊《たず》ねられた彼は、しどろもどろでうろたえた。さらに、告発文にあった八王子工場の衛生管理の問題点を指摘されても、何一つまともに答えられなかった。一方の工場長は「一切ありません」と繰り返すばかりで、記者の反感を買った。

止《とど》めは、工場長の最後のまとめ方だった。

「まあ、皆さん。今回の一件には、若干の問題はありましたが、実際に食中毒になられた方もいらっしゃらないわけですし、檜垣の言い分にももっともな部分もあります。一つ穏便にお願いしますよ」

そう言って、あろう事か詰めかけたマスコミ関係者全員に、問題のプディングをおみやげに配った。

こんな茶番をマスコミ連中が許す訳がなかった。結果的に、夕方のニュースで一斉に告発文の存在と会見の模様が報道され、パリジャン製菓はマスコミと世論を敵に回してしまった。

さらに翌日、抜き打ち検査に来た八王子市保健所の検査の結果、プディングの牛乳タンクから規定の数十倍の細菌が発見されただけではなく、賞味期限切れの牛乳や卵を日常的に安価で入手していた組織的な犯罪も発覚して、一〇〇年近く築いてきたパリジャンのブランドは地に堕《お》ちた。

一カ月後、品質管理部長だけでなく、八王子工場長、そして社長が辞職した。

5

「証拠はあるんだろうな」

「そこに全て記しました」

今や専務となった富永のデスクの前で、柳澤は彼を正視していた。

「つまり、檜垣のオヤジさんは、娘婿《むすめむこ》を守るために、全部罪を引っ被ったと」

檜垣には三〇歳になる一人娘がいる。生まれつき心臓に疾患があって、成人式まで生きられないだろうと言われていたのだが、家族と本人の努力で、結婚し二人の子供にも恵まれた。

その夫も檜垣の弟子の一人で、彼は〝事件〟当時、本社の調達部で原材料の調達を担当していた。そこで、賞味期限が切れた牛乳を安く買い集めるという誰もやりたがらない仕事を押しつけられていたのだ。

「富永さん、私はこんな仕事をしていた同僚の存在を知らなかったのだと恥じています」

富永がもてあそんでいたペンを文書の上に放り投げた。

「一体、ウチは何をやってたんでしょうか」

それは柳澤自らを罰する言葉でもあった。俺は偉そうに改革派気どりで、経営陣の粗探しをして、溜飲《りゅういん》を下げていただけだ。

一方、改革や合理化の皺寄《しわよ》せで、犯罪的な行為が続いていたのを見落していた。

「全ては、過去の話だ。そういう問題を洗い直すために、私は君に経営刷新室長を任したんだからな」

本当にそれでいいのだろうか。創業者一族による経営が不祥事の温床と言われて、経営陣から梁野という名が消えた。だが、経営刷新を叫んでも、社の体質は一朝一夕には変わらない。それどころか、却《かえ》って緩んだ部署も多い。

「その娘婿は、どうしてるんだ?」

「八嶋伴昭と言います」

富永が決して名で呼ばないことに怒りを覚え、敢《あ》えて娘婿の名を口にした。

「先週末に会社を辞しました」

「そうか……」

義父と二人、八嶋の郷里である広島でケーキ屋を開くのだという。

「よくやってくれた。ありがとう」

富永はファイルを閉じた。おそらくこの先一度も日の目を見ないファイルだった。

柳澤は暫《しば》し、その場に立ち尽していた。

「そんな目をするな。俺たちは、結局臭いものに蓋《ふた》をして済まそうとしている。そう言いたいんだろ」

「いえ、そんな立派なことを言う資格は、私にもありません」

そうだ、自分も旧経営陣と同罪だ。食の安全は、パリジャン社員一人ひとりが持たなければならない良心なのだ。それを見過しただけではなく、社の存続のために不問にしようとしている。

窓の外では、アジサイが雨に揺れていた。

「とにかく、これからもよろしく頼む」

全てを呑《の》み込んで、柳澤は踵《きびす》を返した。

「そう言えば、一つだけ、分からないことがある」

富永が思い出したように言ったので、部屋を出かけていた柳澤は振り返った。

「何でしょう」

「結局、あの告発文をマスコミに送りつけたのは、誰だったのか」

柳澤は、それも分かったつもりでいた。本人は、否定したが。

犯人は、檜垣に違いない。柳澤は確信している。それは、大切な二つのものを守るためだ。

一つは、紛れもなく娘婿を犯罪行為から救うため。告発文がマスコミに送りつけられ騒ぎになればさすがに会社としても蛮行を止めざるを得ない。それによって、娘婿を苦悩から救おうとしたのだ。

そして、もう一つは、彼にとって命と同じぐらい大切なものである、パリジャンのプディングを守るためだ。

コスト抑制のために、品質も味も落ち続けるプディングを、彼は見ていられなかった。そんな卑劣なコストダウンでしか生き残れないならば、パリジャンのプディングを潔《いさぎよ》くやめるべきなのだ。彼はそう思ったに違いない。

退職した日の夜、二人きりになった時、檜垣が言った言葉がヒントだった。

――菓子はな、想《おも》い出なんだ。子供の頃に、一生心に残るようなおいしい菓子を食べていれば、その子の心は豊かになる。そんな想い出をたくさん持つ人間は、強い。だから、パリジャンのプディングは、採算度外視で安く美味《おい》しく売り続けなければならない。俺は、惣一郎翁《おう》にそう言われた。

子供たちに、そんな想い出を創《つく》ってもらうために、俺たちは今までやってきたんだ。

それがパリジャンのプライドなんだと。

そしてあの告発文で、賞味期限を消費期限と敢えて書いたのも、檜垣の矜持《プライド》だった。

〝パリジャンのプディングに曖昧な賞味期限なんぞない。製造日から五日の消費期限があるのみだ〟と。

暴言大臣

1

「転向はいかん、転向は」

厚生労働大臣に着任したばかりの和歌森敏蔵《わかもりとしぞう》は、記者の質問に対してざらついた声で返した。記者に、「今まで何度も官庁攻撃をしてきた和歌森さんですが、どうやら年貢《ねんぐ》の納め時では?」と揶揄《やゆ》されての答えだった。

「私はね、代議士に当選した一八年前からずっと、爆弾男を貫いとるから。獅子《しし》身中の虫になるような気構えで頑張るよ」

腕組みをしたまま和歌森が凄《すご》んでみせると、会見室に笑い声が広がる。通産官僚を経て鹿児島選出の代議士に当選以来、和歌森はずっと「闘う政治家」を標榜《ひょうぼう》してきた。自身の正義感に鑑《かんが》みて、許せない相手には、総理であろうと財務省の事務次官であろうと、お構いなしに攻撃する。しかも、大抵は動かぬ証拠を握っての追及だ。時に、攻撃の矛先は民間企業にも向けられた。何度かは訴訟まで起こされ、和歌森自身も傷を負う羽目になった。いつしか付けられたのが、平成の爆弾男――。褒め言葉ではないのだが、本人はそのネーミングを喜んでいるようでもあった。

後方の壁にもたれて様子を眺めていた私設秘書の中村明穂《なかむらあきほ》も、記者につられて口元を緩めていた。自分の心配は、取越し苦労だったのかも知れない。

今朝から、大臣の様子がおかしかった。六期一八年も代議士を務めながら、大臣の椅子《いす》を手にしたのは、ようやくこれで二度目だった。しかも、前回は就任からたった三カ月で総辞職したため、実質は初入閣に近かった。

彼自身は外相か経産相を狙《ねら》っていたようだが、大臣就任直後の笑顔は、彼女が秘書を務めて以来、一番輝いて見えた。それが、一夜明けてみると、打って変わって不機嫌になったのだ。

第一回目の厚労省記者会の会員との会見で、和歌森がいきなり〝平成の爆弾男〟の本領を発揮して不用意な発言をしはしないかと、明穂は朝から気が気でなかった。今日だけは、誰も攻撃しないで欲しいと心から願っていたのだ。

「大臣は以前から、少子高齢化については女性の社会進出が大きな影響を及ぼしているとおっしゃっておられましたが、持論は変わりませんか?」

和歌森の失言を引き出そうと、記者たちは挑発しているように思えた。

それがジャーナリストの仕事なのか、と明穂は以前つきあっていた記者をなじったことがある。

——一種の洗礼みたいなものさ。そういう罠《わな》をくぐり抜けた強者《つわもの》だけが、日本の重大事に関われる。

権威主義的な記者の傲《おご》りのようでもあったが。明穂も一理はあると思った。所詮《しょせん》、政治の世界では、手堅く深謀遠慮に長《た》けた者だけが生き残るのだから。

挑発された和歌森は、涼しい顔で受け流した。さすがに今日の会が大事なことはわかっているのだろう。

「女性に働くなとは言っとらんよ。何しろ我が嫁御は、三代の首相の下で、中国問題担当補佐官を務める才女なんだから。しかも、二男二女の母であり、六人の孫の祖母でもある」

よい切り返しだと思った。〝永田町の美女と野獣〟と呼ばれる和歌森敏蔵・慶子《けいこ》夫妻は、おしどり夫婦としても有名だ。

大臣は続けた。

「外務省のエリート高官である慶子が、なぜ四人の賢母たりえたか。それは、子育てを支えた実の母と姉、そして姑《しゅうとめ》がいたからだ。だがね、核家族化が進んだ今、そんなのは無理だろ。したがって、就任当初に申し上げた通り、子育て支援の充実がいるんだよ。産めよ育てよ、というのを私のマニフェストの一つにしたいね」

そんな話は聞いていなかった。だが、明穂は大臣秘書官ではない。それどころか、政治的な業務には全くタッチしていない。もっぱらおしどり夫婦の連絡係というのが、彼女の職務だった。

和歌森夫妻は高校の同窓で、和歌森の方が二つ年上だ。今の彼からは想像もできないが、和歌森は高校時代はサッカーのスター選手だったらしい。一方の慶子は、地元の大物政治家の愛娘《まなむすめ》であり、校外にもファンが多い人気者だった。

先に好きになったのは、慶子の方らしい。粗野ではあったが、スポーツマンとしての強さ、さらには当時の教員の理不尽に敢然と立ち向かった和歌森にすっかり魅せられたのだと、事あるごとに当の本人からのろけられている。

——彼は、六〇年近く経《た》った今でも、昔と変わらないまっすぐな人。あんなにぶれない人を私は知らない。

慶子の話を聞くたびに、明穂は、今なお彼女は和歌森に恋しているのだと感じた。

明穂が夫妻共通の秘書となったのは、五年前だった。大学院生の時に結婚して、一児をもうけてからの数年間は社会的な活動から身を引いたのだが、結婚生活は長く続かず七年で離婚。その際、遠縁にあたる慶子に誘われて、私設秘書の職を得た。

遠い親戚《しんせき》とはいえ子供の頃から顔見知りだったし、大学時代に慶子が主宰していた日中友好青年会議に参加して以来、一人の女性として彼女を尊敬していた。

「大臣は終身雇用制度の重要性をかねてから主張されています。厚労大臣として、現在の派遣切りの惨状をどう思われますか」

最前列にいる若手記者が訊《たず》ねると、和歌森は威嚇《いかく》するように大きく息を吸い込んだ。

「そもそも日本経済の強さは、終身雇用制度に依《よ》るところが大きいと私は考えている。ところが、どうだね。世界に冠たるエクセレントカンパニーですら、正社員をどんどん減らして工場ラインを派遣や日系の出稼ぎ外国人に任せている」

和歌森が言葉を切った時、明穂は大臣の表情に目を凝らした。彼女の視線と、和歌森のそれがぶつかった。何かを決断したような目だった。

止めなければと思った時には遅かった。和歌森は太い声に怒りを滲《にじ》ませてまくしたてた。

「一体いつから日本の経営者が、あんなにだらしなくなったのか。そもそも問題は、あれだ。団塊世代どもだ」

それまで壁に背中を預けていた明穂は、弾《はじ》かれたように体を起こした。

何を言い出すの！

記者たちも〃異変〃を察知したようで、いっせいに身構えた。

――彼のことをお願いね。明穂ちゃんだけが頼りだから。

新閣僚の認証式を終えるなり、慶子は成田から北京《ペキン》へ発った。アメリカに端を発した金融危機の影響について、中国首脳部との非公式会議を行うためだった。

――彼は張り切っているわ。でも、張り切りすぎが心配なの。

空港での別れ際《ぎわ》に念を押した慶子だった。そうまでして伴侶《はんりょ》を気遣う彼女が、明穂にはもどかしかった。慶子には、短期間で国のトップが代わり不信感を募らせている中国政府との熾烈《しれつ》な折衝を、まとめ上げるという大役があるのだ。目の下の隈《くま》や冴《さ》えない顔色が、その重責の凄《すさ》まじさを物語っている。

本当に心配なのは、七五歳になっても元気溌剌《はつらつ》の和歌森大臣ではなく、慶子夫人の方だ。

わずか七年で夫を見限った自分には、慶子のおもいやりは神業としか思えなかった。

――心得ました。和歌森先生の意欲に水を差さないように気遣いながらも、〃爆弾〃のスイッチが入らないように万全を期します。

そのスイッチが今、入ろうとしている。

だが、控えていた秘書官の谷田将人《たにだまさと》も大臣官房の新井淳一《あらいじゅんいち》官房長も、事の重大さに気づかないらしく、すまし顔で座っている。

「誤解を招くのは承知で言うがね、この国を滅ぼす最大の元凶は、団塊の世代だよ。奴《やつ》らは、ずっと勘違いしている。自分たちだけが、日本の高度経済成長を支えてきた、日本で唯一《ゆいいつ》市民運動に立ち上がった世代、そして、元気な年寄りとして日本社会を支えていると思い上がっている。私に言わせれば、厚顔無恥もいいところだ」

居並ぶ記者たちの顔つきが変わっていた。メモも取らずにだらしなく聞いていた者までもが、身を乗り出してICレコーダーを突き出した。

「つまり、現在の派遣切りやワーキングプアを導き出したのは、団塊の世代だとおっしゃるわけですね」

さきほどまでの和やかな雰囲気をかなぐり捨てて迫る記者に、和歌森は深く頷《うなず》いた。

「そう思わんかね。高度経済成長を支えたのは、連中じゃない。明治・大正・昭和初期に生まれた我々の世代以上の諸先輩だ。終戦直後の混乱期に全身全霊かけて日本復興に邁進《まいしん》したような、骨のある経営者が、今の時代にいるかね。きれい事を並べた挙げ句に、人を切り捨てるのはお国のためだとぬかしよる。いずれもが、団塊世代のクズばかりだ」

明穂は絶望的な気分になった。ようやく副大臣以下関係者が慌《あわ》てだした。はやく、会見を切り上げてよ！　反射的に大臣席の方に駆け出していた明穂は、前方上手にいた広報担当官に向かって必死で目で訴えた。

だが、〝爆弾男〟に豹変《ひょうへん》した和歌森を止められる者は、もはや誰もいない。

「団塊の世代、あれは亡国の世代と言ってもいい。さっき言ったろう。転向はいかんと。だがな、安保反対などと言って体制に反旗を翻《ひるがえ》していたリーダーの大半が、政官財で体制側に立ち、国民を食い物にしている。奴らは皆、学生運動からの転向組だ。あいつらさえいなければ、日本は今なお武士道の精神を貫く一等国でいられたんだ」

カメラのストロボが激しく瞬《またた》いた。光が炸裂《さくれつ》する度に、部屋の温度が上昇しているようだった。

「はやく、切り上げてくださいよ。まずいですよ」

秘書官の背後に駆け寄った明穂は、彼の袖《そで》を引っ張って懇願した。

「そんなことは、君が言わなくても分かっている。だが」

「それでは、時間となりましたので、本日の会見はお開きと」

司会役の広報担当官が押っ取り刀で切り出したが、その言葉は和歌森の恫喝《どうかつ》であえなく霧消した。

「まだ、話は終わっとらん！　いいかね、バブル崩壊以降、正社員として若者を採用育成せず、偽装請負や派遣社員で使い捨てしてきたのも、団塊世代の経営者だ。かつて共産主義にかぶれ、企業や役所を帝国主義者呼ばわりした連中が、ジャングル資本主義の走狗《そうく》となったという事実を、なぜ諸君は伝えない。それは、君らの会社のトップも亡国の世代だからだろ」

矛先を自分たちに振られた途端、一部の記者が「何を言ってるんだ！」と野次った。

だが、和歌森の発言に共鳴したように質問を続ける記者もいた。

「では、現在のワーキングプアも、団塊の世代のせいだと」

「決まっとるだろ。会社経営が苦しいから若者を雇わんというのは、どういう神経かね。苦しければ、己を含めひたすらタダ飯を食ってきた亡国世代の連中のクビを、なぜ切らんのか。部長一人クビにしたら、新入社員が三人雇えるんだ」

「ワーキングプアについては、現在の経営者に問題があるのは、我々にも異論はありません。しかし、それを世代論で切るのはいかがなものでしょうか？」

会場の興奮にも動じない冷静な質問が投げられた。和歌森は質問者の方を睨《にら》み付けて、さらに口調を強くした。

「じゃあ、聞くがな。今の経営陣を辞めさせたら、仁徳のある経営者が登場してくれるとでも思うのかね。ありえない。金太郎飴《あめ》みたいに亡国世代の別のバカが、待ってましたとばかりに役員に収まるだけじゃないか。これは個人の資質じゃない。世代全体が腐っとるんだ」

明穂はこれからのことを考えると、悪寒《おかん》がしてきた。記者の大半も、思いがけない〝ネタ〟に大きな衝撃を受けているようだった。

「大臣、そのあたりで」

今度は官房長が身を乗り出して暴走を止めようとしたが、無駄だった。

「最後に諸君らに言っておく。亡国の世代に、これ以上好き勝手はさせない。年金問題を解決する最高の特効薬は、あの連中への年金支給をやめることだ。日本に事なかれ主義を蔓延《まんえん》させながら、満額の退職金をもらってるんだ。そんな奴らに、年金なんぞやる必要はない。同様に、高齢者への医療費優遇制度もやめればいい。無料にすべきは、死にゆく老人じゃない。社会の犠牲になり踏みつけられて、薬を買う金もない若者こそ、全《すべ》ての医療を無料にすべきなんだ。やるよ、私は。この国が再び誇り高き国になるためにね」

2

「どういうおつもりですか！　大臣をお辞めになる気ですか」

大臣室に戻るなり、副大臣の徳岡大二郎《とくおかだいじろう》が嚙《か》みついた。

会見中は青くなっていたくせに、今さら金切り声をあげる徳岡に明穂は呆《あき》れた。そして彼が恐れているのは、和歌森の舌禍に自分が巻き込まれることではないのかという気がした。苦労知らずの二世議員の身勝手な了見だ。

「俺は何か間違ったことを言ったかね、徳ちゃん。あんた、昨日の宴席では、私に大賛成しとったじゃないか」

傲然《ごうぜん》と葉巻をくわえ、いきり立つ副大臣の顔に煙を吹きつけながら、和歌森は嘯《うそぶ》いた。日本全国禁煙時代に葉巻をくゆらせるというのも、いかにも和歌森らしい偽悪趣味だった。彼がくわえている葉巻は、ロミオYジュリエッタ・チャーチルという高級品で、アメリカ留学時代の親友が何かにつけて贈ってくれるものだという。

大臣室に集まった厚労省幹部の冷たい視線を浴びて、徳岡はたちまち狼狽《ろうばい》した。

「宴席での話と公式会見の席では、趣旨が違うじゃないですか」

「同じなんだよ、小僧。俺は、本気だ。こんな発言ごときで辞めないし、団塊の連中を根こそぎ退治してやるよ。それが嫌なら、おまえこそ辞表を出すことだ」

逆襲された徳岡は、棒を飲んだように立ち尽くしてしまった。それを見た和歌森は鼻で笑いながら、葉巻を灰皿に押しつけて立ち上がった。甘い香りが、離れて控えていた明穂の鼻先にまで漂ってきた。

「先ほどの発言に驚いたと思う。だが、あれくらいの荒療治をせねば、この国は滅びるんだ。世間がどう言おうと、私は先の三つの公約を果たすつもりなので、よろしく」

顔を引き攣《つ》らせた官僚たちは皆、押し黙ってしまった。

「じゃあ、ちょっと考え事をしたいので、独りにしてくれないか」

厚労省幹部を挑発するように和歌森が言い放つと、エリートたちは逃げ出すように部屋を出て行った。明穂は、大臣と議論しようともしない〝エリート〟に失望した。

彼女が大学に在籍していた頃も、団塊世代の教授や助教授の無能ぶりと根拠のない理想主義に辟易《へきえき》とした経験がある。とはいえ、どこかの記者が指摘した通り、団塊の世代の中にも尊敬できる傑人はいる。それを十把《じっぱ》一絡《ひとから》げに非難した上に、非正規雇用や年金、高齢者医療というデリケートな問題にまで結びつけたのは、あまりに短慮だった。だが、そんなまともな議論をしようとする者は、この部屋には誰もいないようだった。

「明ちゃん、聞こえたろう。独りにしてくれないかい」

扉の前では、腹心の谷田が早く出て行けと言わんばかりに睨んでいた。

素直に従うべきだと理解しつつも、明穂はここで何も意見しないのは嫌だと思った。

慶子の疲れた顔を思い出し、彼女は一歩踏み出した。

「大臣、少しだけお時間ください」

先ほどまでの威勢が抜け落ちたように、眉間《みけん》を押さえて考え込んでいた和歌森が目を上げた。

「何だね、話があるなら、そこに座りなさい」

秘書の中でも明穂は、特別扱いされていた。慶子の遠縁で、和歌森夫妻両人の秘書を兼ねているからではない。和歌森の選挙区に隠然たる勢力を持った地元の有力者の一人娘だからだ。彼女自身には特別扱いされたくないという思いが強かったが、周囲はそうは見てくれなかった。

明穂は素直にソファに腰を下ろすと、和歌森と向かい合った。彼は肘《ひじ》掛けに置いた指を忙《せわ》しなく動かしていた。和歌森が動揺している時の癖だった。

「今日のご発言は、確信犯ですか」

明穂は和歌森の目を見据えながら切り出した。

「確信犯とは、どういう意味だね」

「最初から、団塊世代を叩《たた》く発言をするおつもりだったのでしょうか」

小刻みに動いていた和歌森の指先が止まった。

「そういうわけじゃない。成り行きだね」

「先生は、いつから成り行きで、マニフェストを口にされるようになったんです」

和歌森の出目金のような眼がぐるりと動いた。

「何だい、明ちゃん。説教かね」

「和歌森先生はちょっと張り切りすぎだから、気を配って欲しいと慶子先生から言われておりましたので。しかし、今日のご発言は張り切りすぎなどというレベルではありません。なぜ突然、あんな発言をされたのかを教えていただきたいんです」

「君には関係のない話だ」

ドスの利《き》いた声だった。和歌森にすごまれたのは初めてだった。明穂の掌《てのひら》が汗ばんだが、ここは慶子のためにも引き下がれなかった。

「ありません」

「ないね。君の仕事は、私と慶子との連絡係だ。私の政策をとやかく言う資格はない。いくら身内だからと言っても、言っていいことと悪いことがある」

和歌森は乱暴に椅子を引いて立ち上がると、吸いかけの葉巻を灰皿から取り上げた。

デスクの上には、新大臣の承認を待つ書類が、堆《うずたか》く積み上げられていた。

「政治の世界は、君が想像するよりはるかに複雑怪奇なんだ。君にはむしろこの一件で慶子に迷惑がかからないように気を配って欲しいな。あれは和歌森敏蔵の政治信条の吐露であって、中国問題担当補佐官の和歌森慶子とは、無縁だ。そういう情報を流して、マスコミから彼女を守ってほしい」

「お言葉ですが」

到底、納得できない。明穂は思わず声を荒らげた。

「あんな暴言をお吐きになって、慶子先生を守って欲しいとは、虫が良すぎませんか」

「いや、暴言じゃない。あれは私が常日頃から思っている政治信条だ」

「私が理解している政治信条とは、罵詈雑言《ばりぞうごん》ではありません。詭弁《きべん》は……」

「出て行ってくれないか」

突然、和歌森が苦しそうに声を張り上げた。怒りにも思えたが、明穂には哀《かな》しみを堪《こら》えているようにも感じられた。

「お嬢ちゃまの政治学講座に付き合っている余裕はないんだ。明ちゃん、出て行ってくれたまえ」

明穂が呆然《ぼうぜん》としていると、和歌森はデスクの上のインターフォンを押した。

「中村君のお帰りだ」

すかさず扉が開いた。ハ虫類のような無表情の谷田が大股《おおまた》で近づくと、彼女の肘に触れた。穢《けが》されたようで、彼女は谷田の手を振り払い部屋を出た。

3

大臣室から追い出された直後に、明穂は北京に連絡を取った。

慶子は交渉の真っ最中だと分かっていたので、同行しているベテラン秘書の薫田《くんだ》知代《ともよ》に事情を伝えた。慶子の亡父が外務大臣だった時も秘書を務めたという叩きあげの薫田は、安心して相談できる数少ない相手だった。

「やっぱり、やっちゃったのね」

薫田はあっけらかんとしていた。

「やっぱりというと、何か兆候があったんでしょうか？」

「そうじゃないけど、和歌森先生ってすぐ舞い上がっちゃうでしょう。その上、経産大臣か外務大臣を狙《ねら》っていたのに、厚労大臣になっちゃったのも本人としてはご不満だったみたいだし。指名したぼっちゃん総理への復讐心《ふくしゅうしん》もあるんでしょうね」

電話の向こうの薫田は、どこかこの事態を楽しんでいるように思えた。

「とにかく慶子先生に、お伝え願えませんか？　北京特派員から不意に質問される可能性もあると思いますので」

彼女の訪中は、メディアも注目していた。三内閣連続で中国問題担当補佐官に就任したご祝儀《しゅうぎ》で、中国側から何らかの進展が提示されるのではという期待が集まったからだ。

「分かったわ。で、お大臣さまのご機嫌はどう？　殊勝に辞表でもしたためているのかしら」

どこまでも気楽そうな薫田の物言いに、明穂はムッとしながら報告した。

「とんでもない。団塊バッシングは、俺の政治信条だとおっしゃって」

「あっぱれ、敏蔵！　って言いたいところだけれど、先生、一体どうしちゃったのかしらね」

こっちが聞きたいくらいだ。そもそも、今まであんな話を一言も耳にしたことはない。

「何かお心当たりはありませんか？」

「そうね……」と言った直後に、薫田は「まさか」と小さく漏らした。明穂はそれを聞き逃さなかった。

「何か、心当たりがあるんですね」

「いや、それはないかな。ごめん、私の思い過ごしだと思う。いずれにしても、これからしばらく事務所は大変だからね、しっかり頑張ってよ」

話をはぐらかされた気がして、明穂はもう少し食い下がるべきか悩んだ。だが、薫田は取りつく島もなく、話を切り上げてしまった。電話口から聞こえる不通音を聞きながら、明穂は小さいため息をついた。

薫田の「まさか」とは何だったんだろう。明穂が考え込んでいると、官房の職員に声を掛けられた。

「中村さん、官房中の電話が鳴りやみません。対応を手伝ってもらえますか？」

騒ぎを嗅《か》ぎ付けたハイエナが、はやくも襲いかかって来たらしい。

4

爆弾男炸裂《さくれつ》！

団塊世代が亡国を招く

新厚労相暴言連発！

団塊は亡国世代。年金出さない！

牙《きば》を剝《む》いた爆弾大臣

諸悪の根源＝団塊世代をぶっ潰《つぶ》す！

和歌森厚労相の暴言は、夕方のニュースから始まって、翌朝刊、さらには週刊誌の見出しを席巻《せっけん》した。

翌日には、野党が一斉に辞職勧告を叫び始めた。与党は対応に追われたが、首相が「団塊世代の一人として、先輩の言葉を重く受け止める」と発言したことで、当初は沈静化に向かう兆《きざ》しもあった。

しかし、和歌森に最も虚仮《こけ》にされた財界が黙っていなかった。

まず、経団連会長が「国を挙げて危機を乗り越えなければならない時期に、根拠なき世代批判をする人物が、厚労相という要職にあってよいのか」と狼煙《のろし》をあげると、財界関係者がいっせいに和歌森更迭《こうてつ》を訴えた。

世論に反応して、与党内からも火の手が上がった。解散総選挙がいつでもあり得るような状況下での発言だったのが災いした。与党の選対本部長が「最大の支持者層を敵に回す愚行」と不快感を露《あら》わにし、怒りの炎は党内に延焼した。

止《とど》めはマスコミだった。日本をふ抜けにした原因の一端として断じられたことへの抗議は凄《すさ》まじかった。新聞、雑誌が連日、和歌森を糾弾すると共に、彼の過去の暴言をあげつらい、「自分が目立つためならなんでもやる究極の迷惑男」と決めつけた。

明穂は、秘書や大臣官房のスタッフと必死で鎮火に努めたが、和歌森更迭の声は一向に収まらなかった。当の和歌森自身は悠然とした態度を崩すこともなく、彼をつけ回すメディアに軽口を飛ばす余裕すら見せていた。その上、団塊潰しのための法案づくりを事務次官に命じたという噂《うわさ》まで聞こえてきた。

明穂の恐れていた通り、夫の暴言は北京にいる慶子にも飛び火した。発言当日の夜のニュースで慶子のコメントを報道しようと、テレビ各社が猛烈な追跡を仕掛けてきたが、予定の投宿先を変更して、なんとか防いだ。翌日以降も、マスコミを完全にシャットアウトして会談に臨み、結果的には慶子の談話を取った社は一社もなかった。

とはいうものの夫の発言の影響は大きく、行動の制限を余儀なくされた慶子に相当な精神的負荷があったのは間違いない。電話で数回話しただけの明穂にも、彼女の憔《しよう》悴《すい》ぶりは感じ取れた。交渉らしい交渉もできず、課題は何一つ解決しないまま膠着《こうちやく》状態が続いていた。

――慶子先生は、正式な交渉以外にも、個人的な伝手《つて》で中国共産党幹部らと会って、中国側の交渉責任者の交代を画策しているの。今の相手は露骨な反日派だから。端で見ていてもハラハラするほどの強行軍をこなしているわ。これ以上の精神的負担がかかると、ちょっと心配ね。

楽観主義者の薫田すら危機感を抱いている状況に戦《おのの》きながら、明穂は事態の収拾に奔走していた。

慶子が担《にな》っている日中経済交渉は、日本の行く末を左右する重大なものだった。三代連続の内閣で、彼女だけが留任を続けているのは、中国商務部や外交部、ひいては共産党中央の幹部とネゴシエートできる人物が他にいないためだった。

東大法学部時代に司法試験に合格しながら、卒業後、フルブライト奨学生としてコロンビア大学に進んだ慶子は、中国学に目覚めた。その後、国交が断絶している中で単身乗りこんで北京大学に留学。そのキャリアを買われて外務省に入省以来、中国専門家としての道を歩んできた。

いわゆる外務省内のチャイナスクールと一線を画しているると言われているのは、彼女がアメリカの中国学を学んだ点だ。そのため、単なる親中派に陥らず、バランス良く中国情勢を洞察できるのだ。

しかも、中国人人脈の多彩さと深さは、他を圧倒していた。二度の留学で互いに育《はぐく》んだ信頼や友情は、表向きの外交交渉では決して解決できない諸問題に突破口をつくってきた。

同時期にフルブライト奨学生としてアメリカに留学しながら、その経験を生かせない夫とは大違いだった。明穂は二人の秘書ではあるが、尊敬の対象は慶子一人だった。

騒動が本格化して以来、明穂は意図的に和歌森から避けられている気がした。明穂自身も怨嗟《えんさ》を口走りそうで、この件について無理に話し合おうとはしなかった。だが、朝晩に顔を合わせる度に、大臣は慶子の状況を訊《たず》ねた。

「大変、厳しい状況にあると聞いていますが、奮闘されているようです」

「そうか。くれぐれも彼女をマスコミどもから守るように、薫田さんにも伝えてくれよ」

和歌森に言われるまでもなく、薫田は徹底したガードで慶子を守っていた。だがいくら守っても火種が消えなければ元も子もない。一向に発言撤回の気配を見せない和歌森に、世間は容赦ない非難を浴びせるばかりの現状では、さすがの薫田も守りきる自信がないと弱音を吐き始めていた。

非難はやがて、内閣支持率の低下を呼んだ。同時に厚労省内では、この発言の対応に追われて大臣決裁が滞る事態まで起き、業務に大きな支障が出始めていた。

アメリカで、ガンの特効薬発見

という見出しが新聞の一面を飾った朝、慶子が帰国する旨《むね》の連絡が入った。爆弾発言から六日目の朝だった。

白金台の和歌森邸に駆けつけた明穂は、秘書官の谷田に耳打ちして、食事中の和歌森に面会を求めた。

「よし、私も空港まで迎えに行こう」

すっきりした様子で、大臣は久しぶりの笑顔で答えた。

「そんなことをすれば、また大騒ぎになります」

そう危惧《きぐ》したのは、明穂だけだった。隣で監視役のように控えていた谷田は、全く気にしていないらしい。

「大騒ぎ結構。実はね明ちゃん、昨夜遅くに電話で彼女と話して、決心したんだよ。一連の騒ぎについて責任を取ることをね」

和歌森が晴れやかな顔つきで切り出すのを聞いて、明穂は戸惑った。

「責任をお取りになるというのは？」

「決まってるじゃないか、大臣を辞職する。さっき、総理との面会を取りつけたところだ」

信じがたい衝撃に襲われて、明穂はめまいを覚えた。

昨夜まで「絶対に俺は辞めん」と言っていた威勢は、どこにいったのだ。

谷田に問い質《ただ》そうとしたが、無視された。あろうことか彼までが大臣の〝英断〟を称《たた》えた。

「その潔《いさぎよ》さこそ、先生の真骨頂かと存じます」

「私としては、言うべきことを言い、踏ん張ってみたが、世間から賛意を得られなかったんだ。潔く去るのみだ」

君子豹変《ひょうへん》す、という諺《ことわざ》はある。だが、これでは、マスコミが言うように「究極の迷惑男」そのものじゃないか。

「あの、大臣。よろしいでしょうか」

堪《たま》らず口を開くと、和歌森を守るように谷田が立ちはだかった。明穂はそれにもめげず大臣に詰め寄った。

「これが、責任ある大臣のなさることですか」

「君ぃ、失礼にも程があるぞ」

谷田は、明穂の肩を乱暴に摑《つか》むと部屋から追い出そうとした。

「谷田いいんだ。下がりたまえ」

大臣が諌《いさ》めても、谷田は力を緩めなかった。やがて、いきなり手を離したかと思うと、明穂の耳元で「あまりいい気にならんでくださいよ、お嬢様」と捨て台詞《ぜりふ》を吐いて、部屋を出て行った。

和歌森と二人だけになると、明穂は気まずくなってしまった。

「君には、喜んでもらえると思ったんだがね」

彼はそう言って明穂に座るよう促すと、ミルクティを上品に飲んだ。そして人を食った笑みを浮かべた。

「確かに、ご発言された日に、僭越《せんえつ》ながら一言申し上げました。その時、大臣は政治信条だとおっしゃいました。ならば、なぜそれを貫かれなかったのか。私には理解できません」

「所詮《しょせん》いい加減な男だからね。許してくれないか」

憑《つ》き物が落ちたような顔で言われると、明穂はそれ以上何も言えなかった。

「差し出がましいことを申しました。これで慶子先生も、交渉にご専念できるのではと思います」

「いや、明ちゃん。辞めるのは私だけじゃないよ。慶子も辞任する」

5

羽田空港での記者会見に、和歌森夫妻は笑顔で臨んだ。

「ご自身の発言の非を、お認めになっての辞任なのでしょうか」

冒頭から容赦ない質問が投げられた。それでも、和歌森は笑顔を絶やさなかった。

「それは違う。私の考えに一点の迷いもない。しかし、政財界のリーダーには賛同してもらえなかった。何より世論が、異を唱えたんだ。ならばここは潔く、大臣だけでなく議員も辞職しようと思った」

人いきれするほどの報道陣が矢継ぎ早に質問するのを眺めながら、明穂はこの不可解な事態に憤《いきどお》っていた。和歌森の笑顔は陽気すぎた。はしゃいでいると言っても過言ではない。彼の周りで起きている現実と、あまりにも掛け離れた反応だった。

「ご自身の意志でお辞めになったのではなく、辞めさせられたという意味ですね」

「私自身が、潮時だと思ったんだ。大臣を辞めよと多くの方からアドバイスを戴《いただ》いたのは事実だ。だがね、辞任は私個人が決めたことだ」

明穂は、暴言を吐いた日の和歌森を思い出していた。あの目は本気だった。そもそも世論ごときに左右されるような男ではない。だからこそ、二〇年近くも政界の荒波を泳ぎ抜いてこられたのだ。一体、何があったのだ。

「補佐官は、大臣の言動をどう見られていましたか」

記者の質問が、慶子に移った。疲労は隠せなかったが、慶子の表情にも清々《すがすが》しさが滲《にじ》み出ている。

「和歌森の思想信条について、私がとやかく申し上げる事ではありません。ただ、和歌森敏蔵は、代議士に初当選以来、常に自らの正義を貫き、その信念の下に行動してきた政治家だと尊敬しています」

ストロボの量がひときわ増えた。二人は、笑顔でその放列に答えた。

「慶子さんが補佐官をお辞めになるのは、ご主人の発言の連帯責任ではないのでしょうか」

「お好きに解釈なさってください。ただ、以前から補佐官という大役を退かせて欲しいと総理には申し上げていました。私も今が潮時と考えました」

慶子が久しぶりに眩《まぶ》しい微笑《ほほえ》みを浮かべていた。その様子を見て、彼女は今でも心から夫を愛していると、明穂は確信した。

――彼はばれていないと思っているようだけれど、女性関係は盛んだしね、どうやら隠し子だっているみたいなのよ。

時にそんな話をサラリと言ってのけながらも、和歌森の話題になると慶子はいつも楽しそうだった。

彼女ほどの才媛であれば、もっと相応《ふさわ》しい相手はいただろうに。

――あの年になっても青臭い正義感や子供のような万能感を持てるのは凄《すご》い事よ。

明穂には理解不能だったが、目の前の会見を見ている限り、彼女には何の不満もなさそうだ。

「しかし、日中経済交渉は、正念場を迎えていると聞いています。にもかかわらず辞職されるのは、無責任という非難も予想されますが」

「何を言っとるんだ！」

記者の容赦ない質問に、和歌森が一喝した。

「君は知っているのかね。和歌森補佐官が孤軍奮闘して中国と交渉しても、首相官邸以下関係者は煮え切らない対応を繰り返すばかりで、ことごとく交渉を台無しにしてきたんだ。非難されるとしたら、総理や外務省、経産省のバカどもだろ。どこまで家内に負担を掛ければ気が済むんだ！」

先ほどまでの笑顔が嘘《うそ》のように和歌森に怒鳴り散らされた記者は、傍から見ても気の毒なほど怯《おび》えていた。

「正直に言うよ。私が、彼女を辞めさせたんだ」

一瞬、その場にいた全員が、口を開けた。明穂も驚いて壇上の二人を凝視した。

「これ以上の疲労困憊《こんぱい》を見ていられなかったんだ。それでね、慶子さんが補佐官を辞するのなら、私も大臣を辞める。二人で静かに暮らそうじゃないかと持ちかけたんだ」

6

まさに精も根も尽き果てたその夜、明穂は思い切って薫田を誘ってみた。食事には遅すぎる時間だったが、快く受けてくれたのは、薫田にも何か言いたいことがあるのだろうと思った。麻布十番にある行きつけの中華料理店の個室で、明穂は思いきってベテラン秘書に訊ねた。

「最初にお電話した時、薫田さんが『まさか』とおっしゃったのがずっと気になっていたんです」

「私、そんなこと言ったかしら」

薫田は心あたりがないと言うように肩をすくめて、ビールを舐《な》めた。

「おっしゃいました。あの時、薫田さんは既に、和歌森先生の意図を理解しておられたのでは」

「それは、買いかぶりね。もしやと思っただけよ」

「一体、なんだったんです」

薫田は慌《あわ》てる様子もなく、前菜のくらげをつまみながら答えた。

「実はね、慶子先生は、今回の組閣時に、中国問題担当補佐官を固辞されていたの」

会見場で、同じ趣旨のことを慶子も発言していたが、誰も本気にしていなかった。

「もう慶子先生も七三よ。しかも、この数年、腰痛《ようつう》や神経痛、不眠症にも悩んでいた。心身共にボロボロだったの。当分は海外出張を控えるようにと医師にも注意されていたわ。それでも頑張っていたんだけれどね、その気力が萎《な》えてしまったの」

その理由の一つは、彼女をバックアップすべき首相官邸や外務省など関係省庁が、適切な対応をしなかったことだ。さらに、中国サイドの責任者が世代交代し、彼女を煙たがって交渉が進展しなくなったことも大きかった。

「先生一人頑張っても一向に埒《らち》が明かない。遂《つい》には先生ご自身が賞味期限が切れたと口にされたの。補佐官だけではなく、議員もお辞めになりたいと何度も総理に申し出ていた」

知らなかった。自分は、慶子の思いを全《すべ》て理解していると信じていた。単に夫妻の連絡係というだけではなく、夫妻の本音を正しく相手に伝えるのが、責務だと思っていた。だが、自分は何も分かっていなかったのだ。

明穂の落ち込みに気づかないらしく、薫田は淡々と続けた。

「ところがね、総理が就任早々、対中関係のさらなる深化を公約に掲げたでしょ。国際金融も怪しくなってきた。それで、どうしても辞意は認められなかったの」

内閣が替わっても中国問題担当補佐官だけは同じ顔という点に、マスコミも「当然」というスタンスだった。「和歌森慶子だけが、日中関係を健全化できる」というのが、誰しもの共通認識だったのだ。それは、明穂も同じだった。

「それでも、先生は固辞するつもりだった。それぐらい閉塞感《へいそくかん》と無力感を感じてらしたの。残りの人生は、地元の鹿児島に帰って、夫や孫たちとゆっくり暮らしたいと切望されていたわ」

「後進に席を譲りたい」は慶子の口癖だった。だが、まさか本音だとは思わなかった。

「その時に、敏蔵先生の大臣就任話があったのよ」

それと慶子の続投がなぜ結びつくのか、すぐには理解できなかった。明穂の疑問を見抜いたらしく、薫田が補足した。

「慶子先生が中国問題担当補佐官を続けてくれるのであれば、和歌森先生の入閣を考えると言い出したのよ」

大臣の任命を駆け引きの道具にする幼稚さに、明穂は呆《あき》れた。だから国が衰退するのだ。

「明ちゃん、政治はいつも卑劣なものよ。知っての通り、和歌森先生は独自の正義感で与野党を問わず不正を糾弾し続け、爆弾男の異名を体現してきた。それが災いして二〇年近いキャリアを持ちながら、なかなか大臣の座に就けなかった。次の選挙には出馬をしないとも言われていただけに、今回の入閣が最後のチャンスだったの。総理はそこを突いたのよ」

慶子がもう一度協力するなら、和歌森を大臣として入閣させる――。そう確約したのだという。無論、彼女を支えるプロジェクトチームの設置や権限の強化なども併せて約束したが、慶子が辞任を撤回した最大の理由は、愛する夫の入閣のためだった……。

――彼は、いつまで経《た》っても子供みたいなところがあるでしょ。

慶子が夫を評する時に必ず口にする言葉だった。

――自分なりに日本のことを一生懸命考えているだけじゃだめで、周囲に評価されて尊敬されたい。政治家は皆、権勢欲から大臣を目指すけれど、彼の場合、なって当然のことをしているのに、報われないという焦《あせ》りがあるのね。だから、大臣の席を欲するのは、業《ごう》みたいなものなの。

夫を差し置いて、総理の側近としてスポットライトを浴びることを慶子は気にしていた。明穂はそれを思い出して、総理が持ちかけた話に慶子が飛びついたのも致し方ないのだと理解した。

「だったら、和歌森先生は酷《むご》すぎます。慶子先生の気持ちをご存知のはずなのに、それを全部ぶち壊すなんて」

「違うのよ、それが」

「何が違うんです。和歌森先生には、そういう無神経なところがあるんです」

薫田はすぐには応《こた》えず、店員を呼び止めて紹興酒を注文した。

「確かに先生は無神経だし、自分が大切にされて当然だと思っているフシもある。でもね、今回は違うのよ。彼の暴言は、慶子先生を補佐官の重圧から解き放つための一世一代の大芝居だったと、私は見ている」

薫田が優しく笑って続けた。明穂は、思わず眉《まゆ》をひそめてしまった。

7

ドイライプ

「できすぎた話だな」

元恋人の雑誌記者は、明穂の話を疑っているようだった。だが、明穂は真剣だった。

「だからこそ、二人揃《そろ》ってあそこまで清々しい辞任会見になったと思わないの」

「確かに一理はある。でもさ、そもそも世間は年寄りの純愛物語なんて喜ばないさ。それより、もっとスキャンダラスな方がいい」

「何も分かってないのね。七〇代の純愛だからいいんじゃない。まあいいわ、興味がないなら、婦人誌の記者にでも売り込むから」

世間の騒ぎは落着し、新しい厚労大臣も誕生した。既に和歌森らの一件は、過去の出来事になりつつあった。だが明穂は、二人の名誉挽回《ばんかい》のために奔走しようと決意していた。もちろん谷田や薫田は知らない。彼女の独断だった。

「興味がないとは言ってない。ただ、君の話だけじゃ書けない。この話、当人にぶつけてもいいか」

「お好きに。でも、公式には認めないわよ」

「否定さえしなければ、それで十分だよ。美談は嫌いだけれど、あのバカ総理のアホぶりを叩《たた》くネタでもあるしな」

別れ際《ぎわ》に、今度は仕事抜きで飲みに行こう、と彼に言われた。どうせ空約束に決まってる。

その一週間後、『月刊文潮』に「団塊バッシング騒動の陰に純愛の絆《きずな》」という記事が掲載された。

8

「全て終わりました」

谷田が報告するのを、和歌森は神妙に聞いた。三日前から箱根の別荘で隠遁《いんとん》していた和歌森は、得も言われぬ解放感を感じていた。慶子は一足先に鹿児島に戻っている。

「……悪いことをして褒められるというのは、嫌なもんだな」

和歌森はデスクの上に広げた『月刊文潮』の記事に顔をしかめた。

「今まで、けなされてばかりだったんです。たまにはよろしいのでは？」

谷田にしては珍しい言い草だった。

「アンクル・サムは、何と」

「ことのほかお喜びです。待望の大臣の椅子《いす》を蹴《け》ってまで仕掛けた大芝居に、心から感謝していると。この恩は一生忘れないとも」

妻と一緒にフルブライト奨学生としてアメリカに渡った時、彼は一人のアメリカ人と親友になった。ジャック・パースン。アイルランド移民の子であるジャックは、和歌森と同様の苦学生だった。彼とは思想信条も同じで、日米関係の強化こそが両国の繁栄を生むという点でも、意見が一致した。

その後、親友はCIA幹部となり、通産官僚から衆議院議員にステップアップした和歌森といっそう親密な交流が始まった。

通産省時代は、和歌森が日本の原発技術や半導体技術の情報を提供する代償として、日米通商交渉での成果を得た。そのうえ国会で何人もの売国奴《ばいこくど》を追及し得たのは、ひとえに親友からの極秘情報があればこそだった。

ジャックは今回の〃友情の証《あかし》〃に対しても、経済的な支援を惜しまなかった。

いつからだっただろうか。妻の存在を重荷に感じ始めたのは。おそらくは、彼女が北京留学から帰国し、外務省に入省した頃からだ。

既に婚約して文通も続けてはいたが、その頃、彼は他の女性と恋に落ちていた。やることなすこと全て完璧《かんぺき》で隙《すき》のない慶子とは正反対の、屈託のない笑顔が魅力的な素朴な女だった。

だが、明治の元勲の血を引く大物代議士にして大資産家の愛娘《まなむすめ》である慶子の献身を、無下にはできなかった。彼は将来のために慶子を選んだ。いや、正確には、恋人の方が身を引いたのだった。事情を知っていたジャックが女を預り、サンフランシスコで生活できるよう面倒を見てくれたのだ。

慶子を愛したのは間違いない。だが、彼女といるといつも自分はつまらない男だと思い知らされる。それが辛《つら》かった。

「シスコに行くには、どれぐらいの冷却期間がいると思う？」

サンフランシスコで今も暮らす女は和歌森との間に生まれた息子と同居し、最近は孫にも恵まれたと聞いている。

「せめて三カ月は、お待ちいただいた方がいいかと」

「わかった。我慢するよ」

彼はくわえていた葉巻を、開いたままの雑誌に押しつけた。笑顔でカメラに収まる和歌森夫妻の写真の真ん中に黒い焦《こ》げができ、やがて大きな穴を穿《うが》った。

「若い時代の初志は貫かねばならない。転向はいかんよ、転向は」

信頼する親友の期待と、敬愛するアメリカの国益を守り通し、本当に愛する女に誠を捧《ささ》げる。

彼は甘い香りを放つ葉巻を、しみじみと見つめていた。世間には「敬愛するチャーチルが愛飲した銘柄だ」と嘯《うそぶ》いていた。だが、これは無二の親友との契《ちぎ》りの証なのだ。――この葉巻は、ロミオとジュリエットというブランドでね。まさに君と彼女であり、僕と君でもある。いやもしかしたら、僕らの祖国同士の関係かも知れない。離ればなれでいても、この葉巻の薫《かお》りを嗅《か》げば、僕らは常に一つでいられる。

ジャックは、ＣＩＡの要職に就いた時から、この葉巻を毎年贈ってくれる。そして半世紀にわたる友情は、大きな成果を挙げた。

窓の外では雪が降りしきっていた。彼はこれが最後の箱根の雪だと思いながら、心の中で別れを告げた。

さらば、おしどり夫婦。さらば、ニッポン。団塊世代に食い尽くされて滅べばいい……。

9

「全て終わりました」

雪に覆《おお》われたワシントンの街並みを眺めていたＣＩＡの工作担当副長官は、部下が報告する声で振り向いた。

「彼は、最後までこの目的を、信じ続けた様子だったかね」

副長官が〝親友〟である和歌森に頼んだのは、日本の研究グループによるガン特効薬の認可を阻止することだった。日本の研究グループから一足遅れて開発を進めていたアメリカの大学に、先に特効薬の発明を発表させたい。そのための時間稼ぎが必要だと和歌森に泣きついたのだ。

――あなたに厚労大臣の席を提示するように総理に話はつけてあります。そこで、大変申し訳ないのだが、大芝居を打ってもらえないだろうか。

厚労大臣である和歌森が騒動を起こし、大臣業務を滞らせる。その間隙《かんげき》を突いてアメリカは大逆転を狙《ねら》う。

ジャックの申し出に、さすがの和歌森も難色を示した。念願の大臣就任を棒に振りたくないという本音もあるにせよ、それ以上に政治家としての大義にこだわるという姿勢《ポーズ》を崩したくなかったのだ。日本の医療問題の福音となる大発見を、みすみす潰《つぶ》すような欺瞞《ぎまん》など到底承服できない――。七五歳になっても青臭い正論を振りかざす男は、そう主張して譲らなかった。

最初から彼の拒絶は想定していた。その対策も打っていた。

——日本で開発を手がけているのは上杉製薬です。あなたを名誉毀損《きそん》で追い詰めて政治生命を脅《おびや》かした連中に、塩を送るんですか。

上杉製薬が自社の新薬開発に際して、当時の厚生族の大物議員に賄賂《わいろ》を贈ったと和歌森は国会答弁で追及し、名誉毀損で訴えられたことがあった。

ジャックらの画策が功を奏して訴訟は取り下げられたが、彼の尽力がなければ和歌森は議員を辞めざるを得なかっただろう。

上杉製薬に復讐《ふくしゅう》できる好機だと知ると、和歌森の〝正義〟は霧消したようだ。彼は拒絶をあっさり撤回した。その見返りとして、彼には最高の隠居プランを与えた。

ことが成就《じょうじゅ》したら、新薬開発をサポートする米系の製薬会社から莫大《ばくだい》な謝礼が、和歌森の匿名《とくめい》口座に振り込まれる。そして、彼は日本国籍を捨て、別人となって愛する女と余生を過ごす——。

「大丈夫だと思います。彼は新薬発表のニュースを知るなり、大喜びで連絡してきましたから。作戦の副産物とはいえ、製造業が壊滅状態の我が国にとって重大な国益が守れたのですから、〝ロミオ〟の功績は大きいです」

そう、コードネーム〝ロミオ〟ほど活躍してくれたモグラは、他にいない。

「で、中国の方は？」

「既に我々の新しいチームが、中国政府との交渉を始めました。日本のように次々と政権が代わり、窓口も代わるような国とパートナーを組むのは得策ではない。覇権国家同士が手を結び、新世界構築に邁進《まいしん》しようと呼びかけ始めたようです。こちらも、大逆転で、日本に転がりかけていた利権を奪還できます」

――このままだと、ケイコに中国での全ての特権を奪われてしまう。やがて、日中両雄による東アジア経済連合が構築され、アメリカの没落が始まる。

その情報が寄せられたのが、半年前だった。中央情報局としてまず、彼女と親密だった中国人高官を、スキャンダルに巻き込んで更迭《こうてつ》させた。さらに、反日派の急先鋒《せんぽう》を交渉役に据えるという荒技にも出た。

ところが、その妨害すら彼女は切り崩そうとしていた。外交部や商務部ではなく、最高幹部である政治局常務委員を相手に交渉を始めたのだ。

「日本と中国が手を組むというのは、悪夢だ。あの女はその悪夢を一人でやり遂げようとした。ある意味、トージョーよりも凄《すご》い怪物だった。我々にとって幸運だったのは、彼女が和歌森というモグラの妻であり、心底、和歌森を愛していたことだ」

それをアメリカは利用した。そして最も恐れていた日中同盟を、水際で叩きつぶしたのだ。

「愚かな国だ、ニッポンという国は。あれほどの愛国者の努力を、夫の暴言程度で葬《ほうむ》り去るとは」

自分はアメリカ人で良かったと、ジャックは心底思った。

「愛は、国家より強しってことでしょう」

考えの浅い部下の言葉に、ジャックは唇を歪《ゆが》めた。

和歌森はその愛を裏切ったのだ。もっと言えばあの男には、政治信条も正義もなかった。あるのはただ一つ〝俺は特別〟という優越感だけだ。そして、彼は日本という国家も裏切り、売国奴というレッテルを自らに貼《は》り付けた。

「転向はいかんよ、というのが、あの男の口癖だった。だが、人生往々にして、知らないうちに裏切りのお先棒を担《かつ》がされることもある。大切なのは、誰にも踊らされない努力だな」

ジャックは手にしていた葉巻が急に穢《けが》らわしく思えて、灰皿に押しつけた。

ミツバチが消えた夏

1

「写真こそが我が主張だって、危険地帯も厭《いと》わずシャッターを切っていた男が養蜂《ようほう》だなんて、俺にはやっぱり信じられないなあ」

新宿五丁目にある昔なじみのバーで、嘗《かつ》ての〝戦友〟露木《つゆき》伸二《しんじ》がぼやくのを、代田《しろた》悠介《ゆうすけ》は苦笑しながら聞いていた。露木は今なおフリージャーナリストとして、世界の紛争地帯を飛び回っている。

「ハチは未来のために生きているんですよ。彼女たちの生きる姿には、未来に希望を託そうとするひたむきさを感じるんです」

「彼女ときたもんだ。どう思います、ママ。あんなきれいなかみさんと一緒に東北に引きこもったと思ったら、ハチが彼女だってぬかすんですよ」

露木は鼻で笑いながら黒々とした頰髯《ほおひげ》を撫《な》でた。悠介は三五歳の時にカメラマンという仕事に見切りをつけて、東北に引越し養蜂の道を選んだ。自分としては正しい選択だったと思っているが、露木は会うたびに未練がましい。

「あら、露木さん、それは彼女違いよ」

この街で三〇年以上もバーを続けているママに、知らないことは何もない。養蜂という仕事に出会った頃、代田は毎晩、興奮しながらハチの生態をママに語った。その時の話を彼女は覚えてくれているようだ。

「働き蜂《ばち》は皆、メスなんです。それで、つい〝彼女〟って言っちゃうんですよ」

「えっ、そうなの？　じゃあオスは、何をするんだい」

紛争地域の勢力図や関係者の発言録なら細大漏らさず諳《そら》んじるくせに、興味のないことになると、露木の脳みそは頑として働こうとしない。

「決まってるでしょ。昔からオスのやることは一つだけよ」

さらりとママが言ってのけたので、悠介も思わず笑ってしまった。

「つまり、やるだけか」

「露木さんと一緒ですよ。ただし交尾できる相手は別の巣の女王蜂だけです。その上、交尾に成功したらその場で腹上死。失敗したオスには、巣から追い出されて野垂れ死にの運命が待っているんです」

オス蜂は毒針を持たない。メス蜂のように蜜《みつ》を採ることもなく巣を守ることもせず、とにかく何もしない無駄飯食いだ。仕事といえばただ一つ。女王蜂と交尾するためだけに生きている。

「やっぱりどこの世界も男はつらいわけだ」

「それは別にして、ハチは未来のために生きているっていうのは、ロマンチックね」

ママは笑いながら空になったグラスにウイスキーを注ぎ、ソーダを加えて、悠介の前に差し出した。今時「ロマンチックね」などという言葉が似合う女はそうはいない。だが、齢《よわい》七〇を目前にしながら、瑞々《みずみず》しさを失わないママが言うと、素直に受け止められるから不思議だ。

「ミツバチは種の未来のためにプログラムされた生き方を、迷いなく貫くんですよ。そして、種を守るためなら、平気で命を投げ出すんです」

「まるでカミカゼじゃないか」

ますます露木の表情は冴《さ》えなくなった。だが、ママはそんなことはお構いなしのように、五年ぶりに開いた悠介の個展を褒めた。

「とても印象的だったのが、〝ミツバチの最期《さいご》〟という作品よ。陽が燦々《さんさん》と降り注ぐ場所で眠っているようにミツバチが死んでいたでしょ。何だかとても安らかに見えたの」

ミツバチの中には、死期が近くなると、巣を離れて〝墓場〟へ向かうものがいる。概《おお》ね、日当たりの良い場所だった。

悠介の養蜂の師匠である菅原寛太《すがわらかんた》は、「ハチは太陽の申し子のような存在なんだ。だから、どんな時も太陽の光が射《さ》す場所に向かおうとする」と教えてくれた。

半信半疑だったが、ある時、巣箱周辺の日の当たる場所をいくつか巡って、〝最期の場所〟を見つけた。そこで撮った写真を、ママは褒めているのだ。

「イヤになるほど死を撮ってきましたが、野生の生き物の死というのは、どこか哲学的なんですよ」

「死が哲学的とは、おまえも堕《お》ちたもんだ」

挑発ではなく諦《あきら》めを表すように、露木は顔をしかめた。

「ミツバチの行動には、選択肢はないんですよ。三年ぐらい養蜂をかじっただけで、自然の摂理を語るのもおこがましいんですけど。ハチと向き合うことで、社会に対して問題提起する情熱が蘇《よみがえ》るかも知れないって感じることが多々あるんですよ」

大学で社会学を学んでいる最中に、悠介はカメラの〝力〟を知った。世界の貧困問題に興味を持ったのがきっかけだった。世界中の貧民街を歩きながら撮った写真が、彼の問題意識を明確にした。以来、カメラと共に世界中を飛び回った。

二七歳の時、再開発が進むロンドンの廃墟《はいきょ》に暮らす子供たちを追いかけた写真で、欧米の新人カメラマンの登竜門といわれる賞を受賞し、世界から注目された。しかし、一流の記者やカメラマンと仕事するうちに、あの名誉は被写体の凄《すさ》まじさによって得たものに過ぎず、写真家としての自分の技術力は恥ずかしいほど拙《つたな》いということを自覚した。そこでパリの写真学校に入り、基礎を学び直した。

あらためてプロのカメラマンとして再出発した時、悠介の興味は都市部の貧民街ではなく、国全体が貧困に喘《あえ》ぐ紛争地帯に移った。パリの写真学校時代の友人の影響だった。彼らは皆、世界が抱える問題を地球規模で捉《とら》え、自らの見識を持っていた。その広い視野と深い理解力は、少しばかり世間を知ったつもりになっていた悠介を打ちのめした。

新たな〝フィールド〟として紛争地帯を選んだのは、悲惨な現実を伝えることそのものが目的ではなかった。

飢餓で苦しむ子供たちは、この世界にまぎれもなく存在している。世界中の誰もが、それを知っている、つもりになっている。だが、本当は遠い外国で起こっていることなどに興味もないし、その悲惨さを肌で感じようなどと考えもしない。ならば、先進国で何不自由なく暮らす人たちを腕ずくででも目覚めさせるような刃《やいば》になりたい——

と、考えたのだ。

だが、悠介はすぐに壁にぶち当たった。紛争地帯という、フォトジャーナリストの強者《つわもの》たちが闊歩《かっぽ》する場所で、自身の個性を際立《きわだ》たせるには限界があった。それ以上に、目の前でバタバタ死んでいく子供たちにカメラを向けることに慣れ始めている自分自身を嫌悪《けんお》したのだ。

その頃、露木に誘われたのが、先進国にコーヒーやカカオを輸出するアフリカの農園の実態を暴《あば》く取材だった。大勢の子供たちが学校にも行かず、ただひたすら働いている。にもかかわらず賃金はごくわずかで、一日の食事代にも困るほどだ。

露木の記事が相当に過激だったこともあり、日本だけでなく海外でも話題となった。

露木の渾身《こんしん》の原稿に、悠介が自戒を込めて何度も読み返すくだりがある。

〝資本主義とは、ニューヨークや東京だけで完結されているわけではない。アフリカや南米にこそ、資本主義の素顔がある。投資銀行マンが、日々コンピュータ上でやりとりしている億単位のカネには、大勢の人々の血と汗と涙が混じっていることを、我々は忘れてはならない〟

紛争地帯などを取材していると、目の前にある衝撃的な場面だけを捉えがちだ。その結果、事実にもかかわらず「こんな悲惨な現実から目を背けるな」というような押しつけがましさが、写真の中に生まれる。ありのままを伝えるのは大切だが、そのままでは単なる不幸の一場面を切り取ったに過ぎない。

露木は世界は繋《つな》がっているという立場から現場を見て、アフリカの子供達の現状と投資銀行マンのビジネスの関係を浮かび上がらせた。

取材中、露木は何度も「俺たちが伝えるアフリカの現実を、身近な話題として受け止めてもらうにはどうすればよいのか」と自問自答を繰り返していた。

単に搾取《さくしゅ》する者とされる者という関係ではなく、先進国が無自覚に享受《きょうじゅ》している豊かな生活の背景に、どんな犠牲があるのか。それを伝えなければ、所詮《しょせん》は取材者の自己満足にすぎない——。

露木のリポートは、それを悠介に教えてくれた。同時に悠介の写真が、今までとは異なる印象を与えていることにも気付いた。

報道とは、衝撃や怒りをぶつけるだけではだめなのだ。遅まきながら悠介は、報道の真髄を教わった気がした。

だが、二人が訴える事実は、先進国の主要メディアには「馴染《なじ》まない」という理由で、なかなか採用されなかった。

自分たちの経済行為が、他国の子供の劣悪な環境の元凶であるという構図は、あまりにも市民の心情を傷つけるのだ。それなら、年に数回、人気タレントや女優を難民キャンプに行かせて、心温まる交流のシーンでお茶を濁す方が、メディアにとってはずっと無難らしい。

カメラマンとして自分なりの活路を見いだしたはずの悠介は、再び立ち往生してしまう。

意外だったのが、露木が一向に動じなかったことだ。

——ここは、我慢比べなんだ。めげるより継続だ。

彼はそればかりか、時に意に染まないような取材も積極的に引き受けるようになった。

——自分の名を売るためさ。俺たちに足りないのは、影響力だ。少しでも知名度が上がるのであれば、俺はどんな原稿だって喜んで書くさ。

理屈としては理解できた。だが、悠介にはその割り切りができなかった。それは卑屈すぎたし、そこまでして写真を撮りたいとも思わなかった。

また、貧困の現場で「所詮、おまえは通りすがりの人間じゃないか。いつでも豊かな国に帰れる」と繰り返しなじられた過去の体験も、彼を追い詰めていた。

一体、俺は何をしているんだ。

いや、それ以上に俺が本当にやりたいことは、何なんだ。

そんな時、悠介は銀座のビルの屋上で養蜂を教える菅原寛太に出会ったのだ。

「それでいいのか」

汗のように水滴がへばりついたグラスを見つめたまま、露木が呟《つぶや》いた。

「どういう意味ですか」

「養蜂ってのは、おまえがカメラを捨ててまで情熱を注ぐほどの値打があるのかってことだ」

「僕はカメラを捨てたわけじゃないですよ」

「まあ、ご立派にミツバチ様の個展をやるぐらいだからな。だが、あれはおまえが命を賭《か》けて撮り続けた写真と似て非なるものじゃないのか」

露木の言い分は分かる。戦場であろうと奴隷《どれい》的な労働を強いる農園であろうと、我が身の危険を顧みず、二人は取材を続けた。

――君自身が当事者になって、その想《おも》いを伝えるというのも、いいんじゃないかなあ。

菅原が銀座の養蜂教室で教える姿を撮影した後、悠介は彼に誘われて酒を飲んだ。

その時、菅原が漏らした一言が、悠介の渇いていた心に染《し》み込んだのだ。

露木は生活を切り詰めながら、「俺が伝えなければならない現実」を知るとどこであろうと飛んで行き、原稿を書き続けている。そんな彼からすれば、悠介は安逸な生活に堕《だ》した転向者かも知れない。

「写真とは距離を置き、ミツバチと向き合って、何が足りなかったのかを探している気がします。今回の個展だって、本当はやりたくなかったんです。ただ、時々撮っていた写真を恩人が見て、養蜂のPRのためにぜひ一肌脱いでくれと言われて、渋々受けたんです」

だからギャラリーではなく、養蜂教室の展示コーナーを発表の場に選んだのだ。

露木はますます不機嫌になって押し黙った。彼は酒をひと息に飲み干すと、叩《たた》きつけるようにグラスを置いた。

「まあ、楽しみにしているよ。おまえの答えとやらをな」

気まずい沈黙を、携帯電話の着信音が救ってくれた。地元の養蜂家仲間の殿村正一《とのむらまさかず》だった。彼は県庁に勤めながら、家業の養蜂を手伝っている。

「ああ、悠ちゃん。夜分にごめん。今、話せるか？」

露木に断って、悠介は店の外に出た。蒸すような都会の熱気に襲われながら、正一が平日のこんな夜更《よふ》けに電話をするのは、ただごとではないと訝った。

「悠ちゃん、今、東京だよな」

「そうですが、何かあったんですか」

「実は、この二日ほどで、ミツバチが次々といなくなってるんだ」

酔いと暑気のせいで、聞き間違えたかと思った。

「いなくなった？」

「そう。ミツバチが巣箱から消えたんだ」

2

数時間の仮眠を取った後、悠介は養蜂場《ようほうじょう》へと車を飛ばした。東北自動車道を北上しながら正一の話を何度も反芻《はんすう》したが、原因については見当もつかなかった。

殿村家は県内でも最大の養蜂家で、正一が三代目だ。五〇〇群以上のミツバチを抱え、東京などにも〝殿村のハチミツ〟として出荷していた。その約半数のハチがこの二日のうちに忽然《こつぜん》と姿を消したというのだ。

——ウチだけじゃないんだよ。木村さんところも、他の家も、同じ状況なんだ。それで、悠ちゃんとこはどうかなと思って電話したんだ。

ミツバチが消えたなどという事態は、養蜂経験の浅い悠介には、「あり得ない」としか言いようがなかった。

過去にそんな例があったのかと訊《たず》ねると、正一は「一度もなかった」と即答した。

一体、どういうことなんだ。寝不足による頭痛のせいで、回りの悪い脳みそを叱《しか》りつけながら、悠介は考えられる限りの可能性を探った。

在来種であるニホンミツバチで養蜂をする場合なら逃去《とうきょ》という現象として理解すればよい。だが養蜂の主流であるセイヨウミツバチで、それはありえなかった。殿村養蜂場をはじめ村の養蜂家は皆、セイヨウミツバチを飼っている。

この地域では唯一《ゆいいつ》、悠介だけがニホンミツバチの巣箱を持っている。彼に養蜂の手ほどきをしてくれた菅原の勧めがあったからだ。ニホンミツバチはダニや病気に強いし、環境の変化に順応しやすいとも言われている。その一方で、セイヨウミツバチに比べて性質は大人しく、ヒトが巣に近づいても滅多なことでは襲ってこない。

また、その時期に最も糖度の高い花蜜《かみつ》を集中的に集めようとするセイヨウミツバチと違い、様々な花蜜を集める習性があり、蜂蜜の味わい深さも格別だった。

日本の養蜂家は外来種のセイヨウミツバチに頼りすぎず、在来種の良さを見つめ直すべきだと説く菅原に共鳴し、悠介も今年から巣箱五個分の群れを飼い始めたのだ。正一が電話をしてきたのもそのせいだった。

――ニホンミツバチを飼っているのは、悠ちゃんとこだけだろ。もし、ニホンミツバチが逃げていないとしたら、セイヨウミツバチ特有の現象だしね。そこのところを調べてもらえないかと思ってね。

単に親切心だけで連絡してきたわけではないらしいが、そんなことを気にしているような事態ではない。睡魔と頭痛でしょぼつく目を凝らしながら夜が明け始めた東北自動車道を北上する悠介は、別れぎわに露木が漏らした言葉を思い出した。

――欧米で問題になっているのと同じじゃないのか。

ニュース番組で知ったという情報を、露木が教えてくれた。欧米で大量にミツバチが失踪《しっそう》し、ハチの授粉に頼っている大規模果樹園農家に深刻な問題が起きているが、日本でも似た現象があるらしい。

いずれも原因は不明だという。露木は「俺も調べてみる」と言い出した。悠介に批判的だったのを忘れたかのように意気込んでいた。

欧米で起きた事態が、日本でも起きる。狂牛病の時と似ている。悠介は急に得体の知れない不安に襲われ、ハンドルを握る手に力がこもった。

「何が、起きてるんだ」

低速で走る前方のトラックにパッシングしながら、悠介は闇《やみ》の先に苛立《いらだ》ちをぶつけた。

3

悠介の養蜂場は、妻が医師を勤める診療所の裏山にあった。最初は、巣箱三箱分のミツバチを菅原から譲り受け、自宅の庭で飼い始めた。菅原に何度も出張ってきてもらい、初歩的な作業の流れや、季節ごとの留意点などを教わった。

ヨーロッパでは養蜂は貴族の趣味だったというだけあって、素人《しろうと》でもしゃかりきになって手をかける必要がない。一年目は、一箱につき三〇キロほどのハチミツを収穫した。その時の感動は今でも忘れられない。

菅原のこまめな指導の下で、徐々に巣箱を増やした。二年目で一五箱になり、さらに新たに一五箱を購入したのを機に、診療所の裏山に養蜂場を移した。妻子との三人暮らしには何かと不便な狭い家の庭に三〇箱もの巣箱を置くと、洗濯物すら干せなくなったためだ。

地元のみならず周辺市町村からも患者がやってくるほど評判のいい潤子のお陰で、地主が無償で裏山を貸与してくれた。緩やかな斜面で日当たりもよく、さらによく茂った雑木林があるため直射日光から守られ、巣箱を置くには最適の場所だった。

東北道を降り国道を走っている間に、夜が明けた。

夜明けを見る度に、悠介は背筋を伸ばしたくなる。すべてがもう一度始まる瞬間に思えるのだ。その一方で、夜の闇が覆《おお》い隠していた現実が、白日の下に晒《さら》される無情な幕開けであることも知っている。

救いのない現実はどこにでもある。ただ誰も見ようとしないだけだ。恵まれた者の無関心が、社会を静かに、そして確実に蝕《むしば》んでいく。かつて被写体にカメラを向けるたびに湧《わ》いてきた疑問が、久しぶりに頭をよぎった。

――こんな苦しい人生なら、生まれてこなければよかった。

そう言って暁に死んだ七歳の少女の姿まで思い出した。感傷的になるのは良くないと分かっていた。だが、寝不足の上に不安がのしかかっている悠介は、噴き出す感情を抑えられなくなっていた。

思わずクラクションを叩いて、マイナス思考を止めた。そして、力強くアクセルを踏み込んだ。予断を挟むな、現場を見ろ——。露木の口癖を何度も呟きながら。

養蜂場にたどり着いた時、既に陽は高くなっていた。悠介は、車から養蜂道具を持ち出すのも忘れて走った。クマの侵入を防ぐ電柵《でんさく》の電源を切って、養蜂場に入るなり、すぐに異変に気づいた。いつもなら聞こえるにぎやかなハチの羽音がなかった。あたりを飛び交う姿もない。働き蜂は、朝日と共に巣箱を飛び立ち、夕暮れまで花と巣箱の間を絶えず飛び続ける。この時期のこの時間にしては、飛んでいるハチの数が圧倒的に少なかった。

胸が締め付けられるように苦しくなった。それを堪《こら》えて、悠介は巣箱に近づいた。セイヨウミツバチは、巣箱に近づくと飼い主といえども、集団で攻撃してくる。本来は、ハチには認識できない白の作業着と、顔を守る面布付きの麦わら帽子、さらにはハチを落ち着かせる煙を撒《ま》く燻煙器《くんえんき》が必須《ひっす》だった。

しかし、それらを車まで取りに戻るという考えも働かずに、黒っぽいTシャツにジーパン姿で近づいた。黒はハチが警戒する色だ。だが、何の反応もない。彼は風よけに置いたむしろを取り除《よ》け、巣箱の蓋《ふた》をそっと持ち上げた。

シンとしていた。いつもなら、無数の羽音がわんわんと聞こえているのが、気配すらなかった。絶望的な気分になりながら、彼は巣板を持ち上げた。その瞬間、冷水を浴びたような気分になった。働き蜂が一匹もいないのだ。

悠介は、何とか気持ちを立て直して、別の巣板も調べてみた。

どこにも働き蜂がいない。ようやく三枚目の板に、生まれたばかりの働き蜂が数十匹ほど見つかった。その中央には、働き蜂の倍の体格の女王蜂が、不安げな様子で蠢《うごめ》いていた。

働き蜂の最大のミッションは、卵を産み続ける一匹の女王蜂を、命をなげうって守ることだ。その女王蜂を見捨てて、ほぼすべての働き蜂が消えるなどということは、やはりどう考えても異常だ。

めまいすら覚えた悠介は、次々と他の巣箱をチェックした。四つ目の巣箱が、壊滅状態だった。

「何だ、何が起きてるんだ」

情けない声を上げて、悠介はその場にへたり込んだ。

どのくらい時間が経《た》ったのかは分からなかったが、携帯電話の着信音で、ようやく我に返った。正一だった。

「悠ちゃん、今、どこ？」

「ウチのハチ場にいます」

悠介の声の様子で事態を察したのか、正一は暫《しばら》く黙り込んだ。

「ウチもいなくなっちゃったみたいです」

「そうか……。それで、ニホンミツバチの方は？」

正一が訊ねたのと、へたり込んだ悠介の膝《ひざ》に一匹の働き蜂が止まったのが、ほぼ同時だった。

セイヨウミツバチより一回り小さいニホンミツバチが、一息つくように翅《はね》を休めていた。悠介は「後で連絡します」と答えると、ハチが飛び立つのを待って立ち上がり、養蜂場の一番奥まった楓《かえで》の根元に置いてあるニホンミツバチの巣箱へと急いだ。

ハチが飛んでいた。悠介は期待を込めて、ドクダミの葉をちぎって口に含んだ。こうして息を吹きかけると、ニホンミツバチは大人しくなる。

悠介は慌《あわ》てないよう心して、巣の蓋を開けた。普段よりも数は少なかったが、働き蜂が羽音を立て、悠介の方に一斉に頭を向けた。

「おお、おまえたちは無事かあ」

思わず声を上げた悠介の視界に、無数のハチの死骸《しがい》が目に入った。巣箱の入口周辺に死骸が散らばり、小山のようになっている。

悠介は、額に滲《にじ》む汗を拭《ぬぐ》いもせず、巣板をつぶさにチェックした。完全に消え去ったわけではないが、いずれも数は半分ぐらいで元気がない。

五箱のうち二箱は、セイヨウミツバチと同様に壊滅状態だった。

悠介は幾つかの死骸を手に取り、状態を観察した。病気らしき痕跡《こんせき》はない。いったい、どうしたっていうんだ——。

涙が溢《あふ》れそうになった。それを堪えて立ち上がると、正一に報告した。

正一は二〇分ほどで、養蜂場に現れた。そのまま県庁に出勤するのだろう、ワイシャツにノーネクタイ、スラックスといういでたちだった。やや太り気味で額が後退している正一は、今年三七歳になる。悠介の二つ年上とは思えない、すっかりくたびれた中年男だった。

「東京から車を飛ばしてきたんだろ。お疲れだったね」

正一は、こんな時でも気遣いを忘れない細やかな男だった。

「何が起きているんです」

ニホンミツバチの巣箱をのぞき込んでいる正一に、悠介はいてもたってもいられなくて訊ねた。

「いないいない病じゃないかって言われている」

初めて聞く病名だった。

「何ですか、それは」

「正式名称じゃないぜ。わかりやすいから、そう呼んでいる。アメリカで数年前から、ミツバチが大量に失踪しているんだそうだ。それが日本でも起きているようでね」

露木も同じことを言っていた。

「この死骸もらってもいいかね」

「どうする気です？」

「大学の農学部とか、県の家畜課で、死因を調べてもらおうと思ってね」

県庁の社会福祉課に勤務している正一は、地元国立大の農学部出身だと聞いていた。

「このへんでもこの数日、大騒ぎし始めたんだけど、原因が分からねば、対応の仕様もないでしょ。まあ、実際は失踪したんじゃなくて、どっかで死んでいるんだろうとは思うけど。このニホンミツバチが、いないいない病で死んだかどうかも分からないけど、調べてみる価値はあるでしょ」

普段は気の小さい御曹司だったが、今朝の正一はやけに落ち着いていた。

「原因不明で作物が枯れたり家畜が死ぬなんてことは、たまにあるんだ。まあ、慣れてるわけじゃないけど、こういうときは、慌てず騒がずが一番なんだ」

正一は立ち上がると、諭すように悠介の肩を叩《たた》いた。

「ニホンミツバチのことはあまり分からないけど、巣箱は新しくした方がいいんじゃないか。採蜜も諦《あきら》めなくちゃならないかもな。用心に越したことはないから」

正一は「県庁に行く」とだけ言って車に戻った。

悠介は気を取り直して、正一のアドバイスを実行した。

4

悠介は、生き残ったハチのケアに専念しながら、検査結果が出るのを待った。

正一が言うには、診療所から峠一つ越えた隣村のりんご園に置いたセイヨウミツバチの巣箱には、被害がなかったらしい。村内の他の養蜂家《ようほうか》も、場所によっては被害を免れた群もあったと聞いた。地域で差が出る理由がわからなかった。

悠介はりんご園主に頼み込んで、生き残ったニホンミツバチをそちらへ移動した。

そして、可能な限り張り付いて、ハチを観察し続けた。

一日の仕事を終えると、いないいないない病についての記事や文献をインターネットで探した。露木も調べてくれたらしく、めぼしい情報を寄こしていた。

一足早くこの現象に見舞われたアメリカでは、既に深刻な社会問題にまで発展している。ＣＣＤ（Colony Collapse Disorder）、すなわち蜂群崩壊症候群と呼ばれる現象で、全米の四分の一のミツバチが忽然《こつぜん》と姿を消しているのだ。

原因については様々な憶測が飛んでいるが、解明に乗り出した政府は、正式な見解を出していないようだった。

最も可能性が高いと言われているのが、〝ストレス〟だった。アメリカでは採蜜目的よりも、大規模農園での授粉用にミツバチを貸し出して、生計を立てている養蜂家が多い。大型トレーラーに数百箱から一〇〇〇箱以上の巣箱を積み込み、北はメイン州のブルーベリー農園から南はフロリダのレモン、さらには西海岸カリフォルニアのアーモンドまで、養蜂家たちは全米各地の農園を目指して何千キロも旅をする。それがハチにストレスを与えるらしい。

しかし、そんな大移動をする養蜂家は悠介の村にはいない。

もう一つ有力視されている原因がＩＡＰＶ、イスラエル急性麻痺《まひ》ウィルスだった。ＣＣＤで死んだと見られるハチの多くから、このウィルスが検出されたためだ。これによってミツバチの翅が麻痺するのだという。

ただし、オーストラリアから輸入したミツバチや中国産のロイヤルゼリーからウィルスが検出されているが、輸入元でのCCDの報告はない。だとすればウィルス説そのものの信憑性《しんぴょうせい》が疑われるが、いずれにせよ、これも悠介の村には無関係だろう。村のハチは全《すべ》て日本産だからだ。

農薬が原因という説もあった。だが、決め手に欠くと米政府は退けている。

それ以外にも電磁波説、遺伝子組み換え物質説、地球温暖化説など、どれも不可解な自然現象が注目される度に顔を出す仮説で、まさに百家争鳴状態だった。

その一方で日本の対応は、はるかに遅れている。ようやく農水大臣が日本での発生を認めた程度で、原因追究も進んでいない。資料を読むうちに、いないいない病と勝手に病名をつけていること自体がそもそも問題だと悠介には思えた。

現象としては、大量のハチが巣に戻らないというだけなのだ。だが、あんな名が付くと、いかにもハチが集団で何かの病気にかかったかのような誤解を招く。

騒ぎが起きてから一週間目の午後、大学と県から回答があったと正一から知らせがあった。

対策を一緒に考えたいと言うので、悠介はさっそく出掛けた。長屋門のある大きな屋敷で、かつては茅葺《かやぶ》きだったという屋根は鋭角に天を突いて、訪れる者を威嚇《いかく》していた。正一は村の養蜂家をみな招集したらしく、家の周囲には、軽トラックやワンボックスカーが、運転者の焦《あせ》りを物語るように停まっていた。夕暮れが迫っていたが、ヒグラシも鳴かず、一雨きそうな雲が山の端《は》に見えた。

大広間には、白い作業着姿の男が七人集まっていた。いずれも近郊で養蜂を営む〝先輩〟だった。暫くすると、殿村親子が入ってきた。江戸時代から続く豪農の殿村家は養蜂だけでなく、米やリンゴ、サクランボなどさまざまな作物を生産し、農作業員を雇う余裕があるほど潤《うるお》っている。

「皆さん、お忙しいところお集まりくださいまして、ありがとうございました。ご存じのように、代田悠介君のところの養蜂場で、いないいない病と思われるニホンミツバチの死骸が見つかったため、大学の農学部と県の家畜課に検査を依頼しました。その結果が、今日の午後に出ました」

緊張しているのか、正一の額に汗が光っていた。隣には父親の時男が座って、威嚇するように小さな目を見開いていた。

「結果は、二つとも同じで」正一はそこで言葉を切り、ハンドタオルで汗を拭ってから続けた。

「原因は、不明。死骸からは、死因を特定できるようなものは発見できず」

原因不明だと——。県と大学が一週間もかけて調べて、何も分からないとは。

悠介には信じられなかった。正一と目が合ったが、彼は慌てたように逸《そ》らした。

「そんなバカなことがあるか！」

口火を切ったのは、殿村家と並んで大規模な養蜂を営む木村義彦《きむらよしひこ》だった。七〇を過ぎているが、体格も良く弁慶のような男だった。義彦の野太い声に弾《はじ》かれるように、正一の肩がびくついた。

「検査に問題はなかったのかと念を押したんですが……」

まるでハチを殺した当事者のような萎縮《いしゅく》ぶりで、正一は言い訳した。

「あんた、ニホンミツバチが、本当にいないいない病で死んだと断言できるんだろうな」

矛先がいきなり悠介に向けられた。義彦だけではなく、部屋にいる全員から険しい眼差《まなざ》しを浴びた。怯《ひる》みそうになるのを堪えて、悠介は応《こた》えた。

「断言はしません。でも同じ場所の巣箱です。関連がないとはいえません」

「何だ、そんないい加減なもんを検査させたんか！」

「やめんか、義彦さん。悠介君にだって何が起きているのか分からんのだから」

摑《つか》みかからんばかりに身を乗り出した義彦を、時男が一言で制した。

「正一さん、県の家畜課は、今回の事態をどう分析しているんです」

悠介は場を取りなすように訊《たず》ねた。

「事態を重く見ている。被害状況を調べると同時に、巣箱なども検査するとは言ってますが、正直お手上げ状態のようです」

「それじゃあ話にならないでしょう。僕らは何が起きたか分からないまま、また一からハチを飼わなくちゃならないんですか」

県の腰砕けな態度が許せず、悠介も感情的に返した。

「それより、この被害について、県は補償してくれるんだろうな」

一人の養蜂家が、食ってかかった。

「今、県とJAに何とかしてほしいというお願いはしとる。だが、もう少し時間が必要だな」

正一に代わって時男が答えた。彼はいかにも深刻な様子で話すが、どちらの立場にいるのか明確にしない。その曖昧《あいまい》な態度が、悠介は引っ掛かった。

「残っている蜂蜜《はちみつ》は、安全なんだろうか」

原因が分からなければ、蜜や蜂の子の扱いにも不安が残る。

今度は正一が途方に暮れたように答えた。

「その辺のことはまだ何とも。いずれにしろ被害状況は早急に調査するでしょうから、少し様子を見てもらうというか」

「なあ、正一、おまえ、えらく他人事だな。おたくは、五〇〇群もいるんだろ。しかも、今は採蜜のピーク期だぞ。その安全性を訊ねてるのに、しばらく様子を見てからとは何事だ！」

再び、義彦が喧嘩腰《けんかごし》で問い詰めた。正一は黙りこんだままうつむいてしまった。

「ここで騒いで何か得るもんがあるのかな、義彦さんよ。おっしゃる通り、今回のいないない病騒ぎで、一番の打撃を受けているのはウチなんだ。しかし今、騒いだところで良い結果が生まれるとは思えん」

時男が渋い顔で言うと、義彦は鼻で笑った。

「おまえんところは、米でもサクランボでも何でもあるから、蜂蜜がダメになったぐらいならどうにでもなるだろう。ウチや他の家のもんは、皆、ハチだけで食っとるんだ。そんな悠長な態度で、わしらを餓死させる気か」

さすがに言い過ぎだとは思ったが、悠介も同じ気持ちだった。丹誠込めたものが壊滅するのはたまらなかった。義彦は怒っているが、本当は不安で押し潰《つぶ》されそうなのだろう。冷静な時男の方が、むしろ不思議だった。それともこれが、正一の言った

「慌てず騒がず」という意味なのか。

「あの、一つだけいいでしょうか」

義彦に睨《にら》まれるのを覚悟で、悠介は切り出した。

「隣村のりんご園にも巣箱を置かしてもらっているんですが、そっちは無事だったんですよ。これって、原因究明のヒントになるんじゃないでしょうか」

何人かの男たちも、同じことがウチでもあったと言い始めた。

「そのあたりも県に伝えます。被害についての何らかのお見舞い金も交渉してみますので」

「なあ、正一、いや時男さんよ。あんたら本当は、原因を知っとるんじゃないのか」

義彦の怒りはまだ収まらないらしい。一瞬で、その場が固まってしまった。

「何を言うんです。オヤジも言いましたが、今回の一件で、一番被害を被《こうむ》っているのはウチなんですよ。なのに、なぜ隠したりするんです」

義彦の執拗《しつよう》な態度に、悠介は含むものを感じた。だが不可解なことに、他の男たちには、なおも言い募ろうとする義彦が迷惑だと言わんばかりの気配があった。誰もが気まずそうに俯《うつむ》く中で、正一ひとりがタオルで汗を何度も拭っていた。

「まっ、県の誠意に期待するってことか。時男さんよ、あんたはJAの理事でもあるんだ。わしら養蜂家が泣き寝入りせんように頼むわ」

　義彦の嫌みが合図のように、他の男たちも帰り支度を始めた。悠介も、彼らに合わせて立ち上がった。

「悠ちゃん。よかったらちょっと残ってくれないか。話があるんで」

　来客を送り出した後で、正一は同じ敷地内に建つ自宅に誘った。応接室に悠介を連れ込むなり、正一は盗み聞きされるのを怖《おそ》れるように小声で話し始めた。

「どうも変なんだ」

　今日の正一は変だった。さほど暑くもないのに、ずっと汗をかいている。

「これは、悠ちゃんにだけ話すんだけどね。県や大学の対応がおかしい。検査結果が出るのに時間が掛かった上に、何か隠している気がする」

「隠しているというのは、やっぱり何か手掛かりがあったということですか」

「オヤジにそれとなく訊ねたんだが、何にも知らんの一点張りだった」

　正一は黙り込んでしまった。何か迷っているようだ。悠介は話題を変えた。先ほど〝原因を知っとるんじゃないのか〟と口にした木村義彦の真意を、正一はどう捉《とら》えているのかを訊ねた。

「あの二人は犬猿の仲なんだよ。同い年なんだけれど、昔からソリが合わなくてね。

まあ、元庄屋の御曹司と、そこの小作の三男坊だからね。色々あるんだよ」

正一はさほど気にしていないようだった。

「義彦さんにはあまり接近し過ぎないでくれよ」

言い加えた語調は柔かいが、否《いな》と言わせない強い意志があった。そんな違和感が顔に出たのか、正一が取り繕うように言った。

「悠ちゃんは、身内同然の人だ。だから、この一件で、義彦さんと内緒話をするのは、よろしくない」

田舎独得のしがらみを好いていないはずの正一にしては、珍しい忠告だった。

確かに悠介が養蜂をするに当たって、殿村家は手厚く世話してくれた。診療所もその裏山も殿村家の土地だった。また、新参者の悠介が村でそれなりに人づきあいできるのは、正一が親しくつきあってくれるからこそだ。

「その代わりって言うわけじゃないけど、俺の方で、もう少し調べてみる」

蚊が止まったのか、正一はぱちんと派手な音を鳴らして、二の腕あたりを叩《たた》いた。

「どこか民間の検査機関で調べてもらうつもりだよ。あの時に預かったハチを数匹分、冷凍保存してあるんだ。それを送る」

義彦には近づくなと言いながら、原因追究には熱心な正一の態度が不可解だったが、悠介に異論はなかった。

「くれぐれも行動には気をつけるように。特に東京のマスコミの知り合いに話すのもやめてくれないかい」

一瞬、露木の顔が浮かんだ。さらに、本当は自分は信用されていないのかも知れないとも思った。だが悠介は、すべてを呑《の》み込んだ。

雷が遠くで鳴った。夕立の前触だ。

5

露木からメールがあった。

〝フランスとドイツでも、大量にミツバチが死んだという記事を見つけた。両国政府は、原因は農薬と断定したようだ。死亡したハチからネオニコチノイド系の残留農薬が検出されたためだ。フランスでは訴訟騒ぎにまで発展し、最高裁で農薬による被害を認めたようだ。

おまえの腕の見せ所だな。日本の農薬問題の闇《やみ》は深いぞ。手助けが欲しくなったらいつでも呼んでくれ〟

獲物《えもの》を見つけた猟犬よろしくキーボードに向かう〝戦友〟の姿が、簡単に想像できた。露木の存在に励まされて、悠介はインターネットでネオニコチノイド系の農薬について調べた。

複数の情報をまとめると、ネオニコチノイド系の農薬は、特定の昆虫の神経系統に作用し、視覚や全身に麻痺をもたらすことが分かった。日本では最近、イネに付くカメムシ駆除のために使われている。この農薬は、これまでカメムシ駆除の主流であった有機リン系の農薬よりも人体への影響が弱く、主に減農薬の農家が利用しているとあった。

そもそも今までだって、養蜂家は農薬の散布時期を考慮して、ハチに被害が及ばぬよう対応してきたのだ。いないいない病にかぎって、農薬が主原因と断定するのは早すぎると思った。

調べていくうちに、妻の潤子が以前に話していたことを思い出した。このあたりの子供には化学物質過敏症が多いと言っていた。それらの患者は微量の農薬で、呼吸困難に陥るらしい。

その夜、潤子に疑問をぶつけた。読んでいた医学雑誌を閉じて潤子は、夫の話に耳を傾けた。アーモンド形の彼女の目が、今晩はひときわ厳しかった。話を聞き終えると「ネオニコチノイド系の農薬が気になるわね」と言い出した。

「でも、有機リン系より毒性は低いんだろ」

「どうだろう。ネオニコチノイド系の農薬は水溶性だから、作物の種や実にも浸透するのに、雨が降っても流れにくい。それに粒子が細かいので、噴霧すると半径数キロにわたって飛散するそうよ。そういう意味で、有機リン系の農薬と比べて、広く長く、そして深く浸透する可能性があるわね」

潤子がネオニコチノイドにやけに詳しいのを怪訝《けげん》に思った。

「一〇日ほど前かな、やたらと化学物質過敏症の急患が続いたの。いずれも、症状が重かったの。それで、原因を調べていたわけ。でもネオニコチノイドがハチの失踪《しっそう》とどんな関係があるの」

「まだ、何とも言えない。ただヨーロッパでは、ネオニコチノイド系の農薬でハチが大量死したと、裁判所が認めているんだ」

潤子は、眉《まゆ》を寄せて考え込んでしまった。

「ネオニコチノイド系は、神経系を破壊するんだよな？　ミツバチはそのせいで、巣に戻れなくなったのかもしれない」

悠介は話すうち、自分の推測に対して、確信めいた思いを抱き始めた。ミツバチは蜜を求めて巣を離れる前に、周囲の風景と共に巣の位置を記憶する。養蜂家の間では〝ときさわぎ〟と呼ばれるこの行動によって、働き蜂は迷わず巣まで一直線に戻って来られるのだ。

だが、その本能を壊されたら、ハチは迷子になってしまう。花蜜を集めるミツバチは蜜を吸っているように見えるが、実際は腹の中に貯蔵しているにすぎない。巣に戻るなり、腹の蜜は残らず回収されてしまう。その〝駄賃〟として、ハチは一往復分だけの栄養エキスをもらう。したがって、迷子になったり、遠くまで飛びすぎると、途中で餓死してしまうのだ。

「私は農薬の専門家じゃないから、詳しくは分からないの。もう少し調べてみるわ。いずれにしても、今年の夏は、農薬の影響を受けた子供が多かったのは事実よ」

翌朝、悠介は寝過ごしてしまった。連日の気苦労のせいで疲労困憊《こんぱい》していた。家族はとっくに出払っていて、ダイニング・テーブルに朝食とメモが置かれていた。早起きの潤子は、昨夜《ゆうべ》の〝宿題〟を片づけていた。

〝ネオニコチノイド系の農薬が、ハチ失踪の「主犯」である可能性は大きいと思われる。看護師の池森《いけもり》さん宅は、大規模な米作農家。彼女に訊ねたところ、今年から農薬が変わったとのこと。この一帯で農薬を撒《ま》いたのは、先々週の日曜日。

ちなみに農薬の名は、『バッグン』。日本で販売されているネオニコチノイド系の農薬〟。

眠気も吹き飛んだ。悠介はメモを三度読み返してから、正一の携帯電話を鳴らした。

「どうしました？」

「いないいない病の犯人が、分かったかも知れないんです」

「何だって？」

電波の調子が悪いのか、正一の声は途切れがちだった。

「犯人は、『バッグン』っていう農薬じゃないんですか」

居場所を変えたのか、感度がよくなった。

「誰の入れ知恵ですか」

正一らしからぬ冷たい反応だった。

「入れ知恵じゃありませんよ。ネットで調べたんです。フランスやドイツじゃ使用禁止になっているらしいネオニコチノイド系農薬を、この辺りはイネの害虫駆除に使っているんじゃないんですか」

悠介は勢い込んで聞いたが、何も返ってこなかった。

「正一さん、聞こえますか」

「その話はしばらくの間、悠ちゃんの胸の中にしまっておいてくれないか」

そう言ったきり、沈黙が続いた。悠介の中で何かが弾けた。

「ごまかして済む問題じゃないですよ！　このままだと人間も……」

「悠ちゃん！　しばらくの間でいい。これ以上、何も言うな。せめて、民間機関からの情報が出るまでは」

電話は、そこで切れた。

応答のない電話を見つめているうちに、怒りと焦燥が一緒くたになった。感情をコントロールできず、悠介は部屋中を歩き回った。それを嘲《あざわら》うかのように、携帯電話の呑気《のんき》な着メロが鳴った。木村義彦だった。

生き残った義彦のハチの一部を、りんご園内の悠介の養蜂場《ようほうじょう》で預かることになり、今日は巣箱の移動を手伝う約束だった。その集合時間を過ぎていたので、義彦が心配して連絡してきたのだ。

彼は息子の嘉男《よしお》と共に迎えに来た。落ち合うなり悠介が「バッグン」の件を伝えると、言い終わらないうちに義彦の顔が真っ赤になった。

「犯人は、『バッグン』に決まっとるんじゃ」

そんな当たり前の話をするなと言わんばかりに義彦は吐き捨てた。悠介は重要な点を質《ただ》した。

「『バッグン』のせいだという証拠がありますか」

「何もないから、腹が立つんじゃ。県も大学も握りつぶしたんだよ。何も検出されないなんてことあるか。間違いなく『バッグン』で死んだんだ」

「そこまで確信があるなら、そう訴え出ましょうよ」

「農薬が原因となると、ことは厄介なんだ」

先ほどまでの勢いが嘘《うそ》のようだった。激しい怒りを抱えながら、なぜ弱気になるんだ。その不可解なギャップが、悠介の感情を逆撫《さかな》でした。

「木村さん、泣き寝入りしなくてもいいんです。今、正一さんが、民間の検査機関に再調査を依頼しています。そこで農薬が出たら、県に訴えましょう」

「何も分かっとらんな。正一が本当のことを、あんたに伝えるはずがないだろ」

それは邪推だと即座に否定できなかった。ここ数日の正一の態度は、確かにいつもと違う。

「どういう農薬を、いつどのくらい撒くのかを指導しているのは、ＪＡだ。ミツバチの大量失踪の原因が農薬だとしたら、ＪＡの責任問題になる。殿村家は幹部だぞ。正一が、父を訴えると思うか」

先ほどの電話の冷たい態度にも、そういう意味があるのだろうか。それならば、今回の問題は、一筋縄では解決しない。

「ならば、僕が一人でやります」

義彦の巌《いわ》のような顔が歪《ゆが》んだ。

「農薬はすべて、お国が認めて撒いているんだぞ。国相手に闘う気か」

義彦は背を向けた。もう何も言う気はないらしい。乗ってきた軽トラックから黙々と巣箱を降ろしている。

衰えたとはいえ、日本の農業の中心は今なお米作なのだ。害虫から稲を守る代わりにミツバチが死んだとしても、騒ぐには値しない。養蜂専業でありながら、義彦ですらそう感じているのだろう。きっと、何があっても農業の掟《おきて》は守らねばならないのだ。

「オヤジ、それもいいじゃないか。こんなこと許せない。悠さんの言う通りだよ」

いままで一言も口を開かなかった義彦の息子が、遠慮がちに言った。

「やめとけ！」

怒声を飛ばす父を、嘉男は恨めしそうに睨《にら》んだ。悠介はたまらず割って入った。

「木村さん！　このまま放っておけば、ハチは全滅しますよ」

「おまえのような他所者《よそもの》が、かかわることじゃない。殿村も原因は分かっているはずなんだ。ならば、あいつが収拾する」

この期《ご》に及んで〝他所者〟と言われたのがショックだった。今までにも冗談めかして言われたこともあるし、自分自身もそう言われるのはある程度仕方ないとは思っていた。だからこそ新参者としての努力を惜しまなかった。それが、〝他所者〟が受け入れてもらうための最低限の務めだと思ったからだ。

「何が他所者ですか、僕だってハチを育てている当事者なんだ。ハチを守る義務がある」

声が震えた。たとえ村で一人前扱いされなくても気にしたことはない。だが、この時ばかりは我慢できなかった。ハチは、悠介がこの村で人生を刻んでいるという証《あかし》なのだ。

「長い物に巻かれるのも、時には大切でしょう。けれど、実際に、ハチはばたばた死んでいるんだ。それをうやむやにしても平気なのか。あんた、それでも養蜂家か」

鬼のような形相で義彦が睨みつけた。両拳が震えていた。殴られる覚悟で、悠介はさらに続けた。

「ミツバチに巣箱を選ぶ自由はないんだ。彼らの命は、我々に託されているんですよ。

なのに、見殺しにするんですか」

ミツバチと向き合っていると、悠介は時々涙が出るほど感動することがある。

彼らの生態は、現代社会でもがく人間の悲哀そのものだと思う。同時に、自由に選択できることがいかに素晴らしいかを気づかせてくれる。家畜に感情移入するのは、プロの農業家としては失格という人もいる。だが、悠介にとってハチは、人生の師であった。

そのハチが危機にある。ムラのしがらみと、農作物を工業製品のように扱う経済システムが、ハチの死を闇に葬《ほうむ》ろうとしている。米作という産業を守るというのは、強者の論理だった。世界中で見てきた〝搾取《さくしゅ》の地獄〟の構図が、ここにもある。それは、一人の当事者として、悠介には絶対に受け入れられなかった。

「悠介さん、俺の子供は、アレルギー体質で痒《かゆ》みがひどくて、夜も眠れない時があるんです。潤子先生は、農薬や化学物質のせいかも知れないと言っています。息子のアレルギーが農薬のせいなら、俺は闘います。だから」

突然、嘉男が堰《せき》を切ったように話し出した。

「絶対に、許さん」

義彦はほとんど叫んでいた。彼が怖《おそ》れているものは一体、何なのか。

「いいか、嘉男。殿村にまかせるんじゃ。だから、勝手なことをするな。あんたもだ、悠ちゃん。あんたの言いたいことは分かる。わしだって腸《はらわた》が煮えくりかえるほど怒ってる。だとしても、事を荒立てちゃいかん」

郷に入っては郷に従えという諺《ことわざ》の意味を、悠介は身を以《もっ》て理解してきた。彼は、それ以上刃向かわなかった。

「分かりました。その代わりに、いないいない病と思われるハチの死骸《しがい》を見つけたら、ぜひ教えてください。僕が独自にどこかの検査機関に持ち込みます。とにかく何が起きているかは、明らかにすべきです。そこから先は、お任せします」

義彦は暫《しばら》く黙って睨んでいたが、再び巣箱を車から降ろす作業に戻った。

悠介はたまらなかった。こんなことで、僕らはかけがえのないものを守れるのだろうか……。

6

木村嘉男から連絡があった。りんご園に預けたミツバチの様子がおかしいと言うのだ。

とるものもとり敢《あ》えず、悠介はりんご園に向かった。

巣の前で、嘉男が膝《ひざ》を抱えてしゃがみ込んでいた。悠介が声を掛けると、嘉男は泣きそうな顔で振り向いた。

「また、やられました。ほぼ全滅です」

りんご園の一帯は、周囲四キロ四方に水田はない。したがって「バッグン」の被害も出ないはずなのだ。

「そんなバカな。田んぼもないのになんで……」

「サクランボ園だと思います。さっき、知り合いに電話で尋ねたら、今日の昼過ぎ、『バッグン』を散布したと」

力が抜けて、その場にへたり込んでしまった。膝をついた悠介を、肥沃《ひよく》な土が柔かく受け止めた。

「わずかですが、ニホンミツバチはいます」

悠介は弾《はじ》かれたように立ち上がった。嘉男が案内したのは、リンゴの樹々《きぎ》の間にぽっかりと開けた草原だった。

数十匹のミツバチが、日だまりの中でのたうち回っている。

悠介は苦しむハチを両手で静かにすくい上げた。虚空《こくう》を摑《つか》むように六本の脚をばたつかせていた。

こいつらを守れなかった。

己の無力さと詰めの甘さが許せなかった。

「悠さん、カメラ持っていないんですか」

嘉男はビデオカメラを手にしていた。

「オヤジから言われたんです。次に異変があったら、必ずビデオを撮れと。重要な証拠になるからって」

嘉男はそう言いながら、ビデオを回し始めた。悠介は車に向かって全力疾走した。一眼レフを収めたカメラバッグは、車にいつも積んである。手早くカメラとレンズの状態をチェックした。

悠介は現場に戻るとハチの前でしゃがみ込んだ。

――ハチは、自らの一生を終える時、太陽が燦々《さんさん》と降り注ぐ場所を選ぶ習性があるんだ。方向感覚を奪われ、おそらく視覚もなくなりかけたハチは、ぼんやりと見える光こそが、自分の帰る場所だと思って飛ぶ。そして、命尽きる――。

菅原寛太の言葉を思い出した。菅原の地域でも、いないいない病騒動が起きているという。彼も原因を究明するために必死でハチの死骸を探しているのだと言っていた。

悠介は痙攣《けいれん》のように脚を震わせている一匹のハチを、手のひらに載せた。

——写真なんて撮ってないで、早く殺してくれって言ってんだ、こいつら。

難民キャンプで餓死していく子供たちをファインダーで覗《のぞ》いていた老カメラマンが、不意に撮るのをやめて呟《つぶや》いた言葉が蘇《よみがえ》ってきた。

それを聞いた瞬間、被写体に向かって「生きろ」と叫ぶ偽善を思い知った。生きてどうする。明日まで生きながらえたら、幸せが待っているのか。子供を死に追いやった間接的な責任は、先進国で生まれ育った自分にもあるのだ。

ハチはもう動いていなかった。

何のために、悲惨な現場を撮るのか。

目の前で命尽きたミツバチを見つめて、いかに愚かな自問をしていたのかに気づいた。

何のために撮るのかなんて、決まってるじゃないか。確かに今、そこで生きているのに、無惨《むざん》に失われる命があるからだ！

悠介は木漏れ日の中に、息絶えたハチを置いた。

そして、カメラを構えると、ギリギリまで近づいてシャッターを切った。

歴史的瞬間

「総理、ご決断を」

閣議室に居並ぶ連中は皆よそよそしかった。

その態度は何だ。

天井を見上げて難しい顔をしている官房長官は、俺が縋《すが》り付くのを待ちかまえている。一方の防衛大臣は目が合うのを避けるように、手帳を睨《にら》んでいる。

「総理、時間がありません」

統合幕僚長《とうごうばくりょうちょう》だけが、必死の形相だった。半島からは一〇分ごとにミサイルが次々と飛来している。今は公海上に落ちているが、飛行距離は徐々に伸び、まもなく日本の領空に達する。もはや第一級の国家危機だ。なのにここにいる連中は、俺が何の決断もできないと高をくくってやがる。

総理大臣になるのが夢だった。そのためには、あらゆる卑怯《ひきょう》な手段も躊躇《ちゅうちょ》なく選んできたし、どんな顰蹙《ひんしゅく》を買ってでも目立つことは何でもやった。そして俺は総理の座を手に入れたのだ。夢は叶《かな》った。だが、まだ物足りない。歴史に名を刻むような実績がないからな。それどころか、このままだと汚名を残しかねない。閣僚の舌禍《ぜっか》が続き、内閣支持率は一〇%を切ろうとしている。でも俺は辞めない。この粘り腰こそが身上だからだ。そして起死回生のチャンスが巡ってきた。

北朝鮮のミサイルを迎撃するのだ。そうすれば俺は戦後初めて、いや日本史上初めての迎撃総理になる。迎合じゃない、迎撃だ。いや愛国総理だ。そう呼ばせよう。

「総理」

統合幕僚長の催促の声は悲鳴に近かったが、俺は目をつぶって黙っていた。

「ここはアメリカに任せましょう」

官房長官が出しゃばってきたが、俺は無視した。

「迎撃だ。日本の毅然《きぜん》たる態度を示す」

「そんなことをしたら、自衛隊が暴力装置だと分かってしまう」

官房長官はうろたえている。やっぱりこいつはバカだ。何を思ったのか長官は携帯電話を取り出した。

「有言実行だよ、官房長官。僕は、先月の北の暴挙の際、次は許さないと国民に約束したんだ。幕僚長、迎撃してください。そして、敵のミサイル基地を殲滅《せんめつ》するんです」

これでこそ内閣総理大臣だ。俺は歴史に英雄として名を刻む。腹の底から快感が込み上げてきた。

電話で誰かと話していた官房長官が立ち上がり、近づいてきた。次の瞬間、首筋に激痛を感じた。薄れゆく意識の中で、俺は勝利を噛《か》みしめていた。

彼は宿願を果たした。史上初めて執務中に〝急死した〟総理として歴史に名を刻んだのだ。マスコミには、持病の心臓発作と発表された。だが、本当は、彼を総理に押し上げてくれた米国と結んだ約束を反故《ほご》にしたからだ。その約束とは、

――けっして、自分で判断してはいけない。

文庫版あとがき――喪失感に立ち尽くしてはならない

戦後日本は、敗戦や石油危機、バブル経済崩壊など、何度も危急存亡のピンチに遭う度に、国民が一丸となって苦難を乗り越えてきた。その底力を支えたのは、〝日本人の誇り〟だったのではないだろうか。

『プライド』では、誇りにこだわった。それこそが、激動の戦後日本を支えてきた魂だったと強く思うからだ。だが、誇りは危うい。

胸の内で強く思い、黙って行動している時、〝誇り〟ほど人を強くする情熱はない。ところが、ひとたびこの言葉を口にすると、急に怪しくなる。

「プライドにかけて」とか「誇りを傷つけられた」と言い始めると、我欲が剝《む》き出しになり、やがて、失敗の原因となる。己を信じて苦難を切り開く一念だったものが、周囲の評価を強要するメンツに変わった瞬間、人間も社会も堕落させてしまうのだ。

スポーツ観戦でいつも感じるのだが、どれだけ技量や力があっても、勝敗を決するのはメンタル部分にある。どれほど追い詰められても、絶対にピンチを切り抜けるという一念が、本人の能力以上のパフォーマンスを引き出すことがある。反対に自身の能力を過信すると、必ず手痛いしっぺ返しを食らう。その境界線は非常に曖昧《あいまい》で、時々刻々と変化する。それゆえ時に弱者が強者を打ち負かすこともある。これぞスポーツの醍醐味《だいごみ》と言えるが、その綾《あや》は人生そのものである。だからこそ矜持《きょうじ》を大切にするわけで、それに支えられて困難を乗り越えるのだ。

そして日本の成長を下支えしたのが誇りであるのもまちがいない。

ところが、二〇一一年三月一一日に発生した東日本大震災と福島第一原子力発電所の事故の影響で、私たちは誇りを打ち砕かれた。

〝あの日〟が起きる直前、日本はリーマンショックの痛手から回復基調にあった。政治では、自民党以外が初めて第一党となり政権交代が起きた。日本が変わろうとしているという胎動があった。そんな矢先の震災だった。

そして私たちが今なお喪失感のショックから立ち直れないでいる最大の理由は、民主党政権の失政にある。それに加え、この二〇年余り、国家的な危機を乗り越える際に、国家や社会は、個人に犠牲を強いた。賃金をカットしたり、正社員を減らし、非正規雇用労働を推進した。それによって日本人一人ひとりの矜持が脆《もろ》くなってしまった。

だが、そのまま立ち尽くしているだけでは、何も変わらない。そんな時だからこそ、私たちは誇りを持たなければならないのではないだろうか。

現代に近い社会不安が広がっていた昭和初期、故山本有三氏は自著の中で、ドイツの詩人ツェーザル・フライシュレンの「心に太陽を持て」という詩を紹介している。

他人のためにも言葉を持て
なやみ、苦しんでる他人のためにも。
さうして何でこんなに朗かでゐられるのか、
それをかう話してやるのだ。
唇に歌を持て。
勇気を失ふな。
心に太陽を持て。
さうすりや何だつてふつ飛んでしまふ。

まさしく私たちに必要な意気地であり、私がこの作品に託したい気持ちでもある。

心にプライドを持て！

そんな思いが、どうか読者諸兄に届きますように……。

謝辞

執筆にあたり次の諸氏に大変お世話になった。心よりお礼申し上げる。

山下一仁、浅川芳裕、江口夏郎、菱垣雄介、服部芳和、藤原誠太（順不同）。

また『蚕と絹の民俗』（村川友彦著、歴春ふくしま文庫）、『わかりやすい絹の科学―基礎から実際まで』（問和夫監修、文化出版局）、『ミツバチは警告する　地球の生態系が危ない』（藤原誠太著、eブックランド社）ほか、多くの資料・書籍からも貴重な示唆《しさ》を得た。

そして、短編を書くように勧めてくれた新潮社の加藤新氏、初めての短編執筆の場を提供してくださった「小説新潮」の初代担当者杉原信行氏、〝連作〟への道を開いてくださった編集長の髙澤恒夫氏、二代目の担当者として、私のわがままな取材にずっとつきあってくれた長谷川麻由氏、そして、単行本化に当たって、思いに共鳴してくれた西村博一氏に心からの感謝を申し上げたい。
また、いつも通り事務所の金澤裕美、柳田京子、倉田正充の三人の惜しみないサポートがなければ、本作品は誕生し得なかった。ありがとう。

二〇一二年七月東京にて

真山　仁

解説

浅川芳裕

本書は6編と1編の掌編の短編集である。

『医は……』、『暴言大臣』以外の4編は、農業と食がテーマになっている。

『ハゲタカ』シリーズで投資ファンド、『虚像の砦《とりで》』『マグマ』『ベイジン』でメディアと政治、原発、中国問題……とたえず現代のタブーに長編小説で迫ってきた著者が「なぜいま農業なのか」。

真山ファンの一人として直接、きいてみた。

＊

きっかけは、『ハゲタカ』を書いている時に調べた住専問題でした。なぜ、農林系だけをそこまで守るのか。

そこに、日本の農業行政の歪《ゆが》んだ実態を見ました（大学時代に、田中角栄氏を追いかけていた新聞記者の集中講義で、農地改良事業への補助金で農村票を買っていたというのを聞いていたのも大きかったかも知れませんが）。

こんな事をしているから、本来の農業が蝕《むしば》まれているのではないのだろうかと考えたのです。

また、いつか『ハゲタカ』の鷲津《わしづ》に農協を買収させようと考えていたこともあります。結局、買う価値なしだと思ったので、今は実現する可能性は薄いですが……。

もともと小説のテーマを探すときに、マスコミが誤情報でイメージを作ってしまったもの（ハゲタカ外資幻想とか）、タブー（原発）に注目してきました。さらにもう一つ、あまりメディアが注目しない分野（地熱など）にも目を向けていて、その一つが「農業」でした。

私は元々が天下国家的な視点から政治を考えるのが好きですから、先進国でありながら、食糧に無頓着《むとんちゃく》な点（エネルギーも水もそうですが）に危機感を覚えていたのも事実です。

とはいえ、あまり世間で関心がないもので小説を描く場合には、トピックが必要でした。

その最初のきっかけが、養蚕農家の補助金制度が改正され、養蚕が壊滅するかも知れないという朝日新聞の社説でした。

かつて、日本の富国強兵を支え、農村の一大収入源だった養蚕がそんなことになっているのか……。

サムライという言葉が、ブームになっているのに、日本独自の衣類は顧みられていないという点を踏まえて農業を考えて見ようと思いました。

それが、『絹の道』という作品になり、『ミツバチが消えた夏』『一俵の重み』へと派生していきました。

＊

他作とたがわず、農業分野でも真山氏の取材ぶりは緻密《ちみつ》である。

本書に収められた『絹の道』では「カイコは実際に卵から育てました」といい、『ミツバチが消えた夏』では「ミツバチの巣箱を三箱買って、農薬の影響を養蜂家《ようほうか》と一緒に調査もしました」という。

昨今、農業に関心を持ち、評者のもとに訪ねてくる人は多いが、農業をネタに天下国家を語り一通りの政治談議をすませてしまえばそれでたいていはお仕舞いである。真山氏は違う。同じ天下国家の視点から着想を得たのちの行動がすさまじい。取材というより、フィールドワーク、いや生態調査までやってのけてしまう。農業専門の記者でも、カイコとミツバチの両方飼ったことのある人など皆無だろう。徹底している。『絹の道』『ミツバチが消えた夏』、両作品からにじみ出る蚕や蜜蜂への生身の愛情は飼育者でもある真山仁の筆からしか紡《つむ》ぎだせないものだ。

つい先日もこんなメールがきた。

「長野県で2つの植物工場にいってきました。異なるタイプだったこともあって、とても収穫が大きかったです」

どちらも私が取材したことのない農場だ。その直後のメールにはこうあった。

「コメを輸出している農家を紹介してほしい」

伝統的な養蚕から養蜂、最新鋭の農業技術である植物工場、そして世界に飛躍するコメ輸出農家……まさに縦横無尽である。

『絹の道』の初出が2008年だから、農業とのかかわりも少なくとも4、5年を経ている。

取材を重ね、真山氏の農業への眼差《まなざ》しはどう変わったのか。

農業について、もっと職人気質的な印象を持っていました。また、宗教的な印象「土こそ全て！」のような。さらに、「国が守って上げなければ滅びる可哀想な業界」だとも思っていた気がします。

それが、いざ調査したり取材をしてみて、もしかして農業は、日本を再生させる最後の切り札になりえる産業ではないか。

そのためには、国は弱者を守るのではなく、いい意味での経済的合理性や淘汰が必要だと思うようになりました。

一番変わったのは、農産物の輸入は減らすべきだという偏見が消え（これは浅川さんと知りあったのが大きかったと思います！）、農産物や農業従事者を輸出して強い農業を増やすべきだと考え始めた点だと思います。

支援するべきなのは、弱小の兼業農家ではなく、海外に打って出ようと考えている先進農家です。彼らにチャンスと資金を提供して、後顧の憂いを取り除く。国の果たすべきはそこにあると確信しています。

*

もう一つ大きかったのは、農薬に対する認識ですね。これは原発の考えに近いと思います。

できたらやめて欲しいと思っていた農薬について、それで食糧安全保障が成り立つのだろうか、また、本当の安全とは何なのかもずっと考えています。

とにかく今は、農業を産業として、日本再生の切り札にする応援をしたいと思っています。

＊

農業を論じる書き手は覚悟をせまられる。農家とは何か。農村とは何か。食糧とは何か。安全とは何か。国家とは何か。小説だろうがノンフィクションだろうが、自らの立ち位置を表明することになる。右記が真山氏の現在の立ち位置である。

逆にいえば、農業を直視すると思想転向を迫られることも往々にしてある。ある効率重視の経済学者は農村に入り、みてきた現実から、「もっと保護すべきだ」との考えに変わった。もともと保護主義傾向の強い記者は兼業農家の実態を取材して、「自由主義寄り」に転向した。それどころか、いまの職を投げ出し、農業に身を投じる人も後をたたない。農業には魔力があるのだ。

論者が誰だろうが共通するのは、部外者だということだ。本書に登場する人物も同じだ。『一俵の重み』の主人公米野太郎《よねのたろう》、『絹の道』の小手川つかさ、『ミツバチが消えた夏』の代田悠介《しろたゆうすけ》。米野は農水官僚、小手川は蚕の研究者、代田は元戦場カメラマンだ。農業を生まれながら本業とするものではない。

企業買収をモチーフにした『ハゲタカ』の主人公はファンドマネジャーの鷲津政彦、そして企業再生家である芝野健夫とともに当事者であったのと仕掛けがおおきく異なる。

農業の現場はまことに多様である。同じ農業を生活の糧《かて》とする、同じ地域の農家同士でも、コメ農家とトマト農家では別の職業といっていいほど違う。各農家の職業観やものの見方もまた多様である。しかも農家は現代日本においてマイノリティである。戦後国民の過半数いた農家の家系はほとんど絶え、現在、わずか100軒に数軒だ。その中でわずか10数万軒の家族農場が国産農産物の大半をつくっている少数精鋭のエリート集団でもある。

本書単行本のあとがきで、真山氏はこう記す。

「何のために人は働くのか。そして、どうすれば矜持《きょうじ》を守ることができるのか。それを守るために、どれくらいの犠牲に堪えられるのか。

あるいは、犠牲を払ってまで守るプライドとは何なのか――。」

真山氏の構想と取材力をもってしても、農家自体を主人公とすることは困難かもしれない。長いときをかけて友人、近所、親類縁者が他産業に移っていくなか、農業でサバイブしてきた現存する農家の生き方、そして家系そのものがプライドの塊である。読者のマジョリティである非農家に、その矜持を短編で伝えることは現代日本ではほとんど不可能かもしれない。

しかし、真山氏はその部外者を登場させることで、農業・農村に現存する問題を浮き彫りにできることを熟知している。

「おまえのような他所者《よそもの》が、かかわることじゃない」「何が他所者ですか、僕だってハチを育てている当事者なんだ」（『ミツバチが消えた夏』）――養蜂の師匠義彦と新参者の代田のやりとりである。読者は他所者の視点から、農業の世界に入り込める。

とはいっても現実の農業は、真山氏もいうように「あまりメディアが注目しない分野」となり、一般の農業への無関心は常態化している。わざわざ人気作家が入り込む領域でもあるまい。と勝手な老婆心《ろうばしん》が頭をもたげていたころ、真山氏から久しぶりに連絡を頂戴した。

今度は農業をテーマにした長編に取り組むという（『沈黙の代償』、小説新潮で連載中)。

『沈黙の代償』には、農水省の若手キャリア・秋田《あきた》一恵《かずえ》、〝必殺仕分け人〟の早乙女《さおとめ》麗子《れいこ》、養蜂家の代田《しろた》悠介《ゆうすけ》ら、本書に登場する魅力的な人物が再登場する。

真山ファンなら、本書を読んだうえで長編を読まずにはいられまい。一連の流れから推察すれば、真山氏はこの短編集である意味、地ならしを終えたということだろう。つまり、農業の本格小説を企《たくら》む決意にいたる何かが氏のなかで熟成したのだ。

かつて、坂口安吾は『長篇小説時評』(『坂口安吾全集 03』筑摩書房、1999)でこう書いた。

*

農村の生活様式を描写報告するためには、決して小説の形式を必要としない。その様式の中の人間性を描くために、はじめて小説が必要となるのである。権力を濫用《らんよう》する者が常に悪玉で、しひたげられる者常に善玉とは限らない。権力富力を得れば濫用したがるのが恐らく凡人の避けがたい弱点でもあらう。さうした一応の観念的計量を終り又超えたところから文学は始まるべきものであらう。農村生活の形態は素朴であり、農民は素朴であるかも知れないが、その素朴を素朴に書くためにも、作家自体の観念が素朴であっては不可である。作品の裏側に書かれざる複雑な作家の観念がなければならない。

＊

初出は戦前1939年に書かれた、当時流行の農村小説に対する批評である。70数年後の現代、多様なステークホルダーが絡《から》み合う農村生活は素朴であるはずもないが、農村・農民を描く作家に複雑な観念がなければならないのはいまもって真実である。

真山作品を安易に農業小説とくくりたくないが、「我々が見過ごしてきた農業のこと（中略）を、今度は長編にして書いてみたいと思い始めていました。（中略）この作品が、読者の方の、日本の農業に気づく小説になればいいなと思っています」（神奈川近代文学館講演録より）と真山氏自身がその覚悟をきめている。

本書の題名となった『プライド』はまさに、坂口安吾のいうところの「観念的計量を終り又超えたところから始まる」短編文学である。真山氏は自作についてこう述べる。

＊

「プライド」を書くときに、自分の作品のなかに、自分の考える短編の美学を持たせようとしてみました。

一つめは、時事性のある題材を扱うこと。ちょうどその頃、雪印乳業や、不二家、赤福、吉兆などの食品偽装問題が、世間を騒がせていたので、これを背景にすることに決めました。

二つめは、最初の一行目で読者の心をつかみ、ラストに小説的な企みをすること。

三つめは、これは、私が『ハゲタカ』以来、ずっと大事にしているテーマですが、私たちがメディアを通して伝えられたことに、常に疑問を持つことは必要だ、ということです。ひとたび騒動が起こると、マスコミは鬼の首を取ったように、悪い人を吊《つ》るし上げてバッシングをします。しかし、果たして、本当にマスコミの言う常識は正しいのでしょうか？　いまは、力の強い誰かが、「悪い」と決めると、世間でもそれが「悪」になってしまう、怖い世の中になってしまっています。ですから、この作品では、そのような問題提起をしてみました。

また、これまでの私の小説では、綿密な取材を誉めていただきましたが、この作品に関しては、取材をしていません。新聞等で報じられた記事を整理して時系列に並べ、読み込んだだけです。それは、この作品では、メディアが何をどう伝えたかが、わかるだけでよかったからです。（同講演録）

＊

「まったく取材せず、記事のスクラップや資料だけで想像力を膨らませた実験作品」（著者メール）である。取材をしないことで、他者の観念の投影を１００％排除することに成功している。まさか取材の鬼が取材をしていない作品とは著者に教えられるまで気付かなかったが、短編6品を通して読んだときに感じ入った『プライド』だけが持つ異色さのわけが少しわかった。短編特有のラストのカタルシスも『プライド』では十分堪能《たんのう》させてもらった。

真山氏のもう一つの側面について触れたい。彼の預言性である。福島第一原発事故を予見したかのような『ベイジン』、自然エネルギー時代を先取りした『マグマ』など、枚挙にいとまがない。自身について語るように、〝現代社会と対峙《たいじ》する物書きでありたい〟がゆえに、時代の半歩先が見えることがあるのだろう。

『プライド』のなかでの真山氏の預言性を私は『一俵の重み』にみた。農業を皆目理解しない政治家と事業仕分けで戦う官僚・米野太郎《よねのたろう》が、自らが立案した国家主導のコメ輸出事業に日本農業の未来を託す物語である。

2012年5月末、彼の夢は〝中国人スパイ容疑事件〟でついえた。中国人一等書記官が農林水産省から機密文書を不法に入手したとされる事件である。国家機密を狙《ねら》った可能性があるとして、秘密保全法やスパイ防止法の制定を求める声がたかまっているが、真相は違う。

評者の取材では、これは農水省による中国へのコメ密輸出事件である。ここでくわしく語るスペースはないが、概要はこうである。

日本からコメを中国に輸出するには、中国政府が要求する「燻蒸《くんじょう》」という検疫《けんえき》条件をクリアしなければならない両国間の取り決めがある。にもかかわらず、農水省の外郭団体を通して輸出すれば、検疫を免除されるというありえない特約契約を農水省が一中国企業と締結したのだ（両者の間を仲介したとされるのが、中国人外交官である）。検疫の国際常識を知らないコメ業界は浮足立った。

「これでいよいよ中国への日本米輸出が本格始動する」と、外郭団体に会費を払い、入会が相次いだ。

日本米を満載した船が中国に向けて出港するはずだった日の前日、農水省で祝賀会が行なわれたという。コメ輸出を農業改革の本丸として行動してきた数人の官僚たちが、「念願の日がとうとうやってきた」と祝杯をあげたのだ。

酔いもつかの間、中国政府がすべてを覆《くつがえ》す発表を行なった。「契約書には瑕疵《かし》があるから、無効である」と。すでに空輸で先に中国に到着していた無燻蒸のコメは検疫当局によって没収された。

要するに、偽《にせ》の公文書にもとづいて農水省はコメの輸出促進を図っていたのだ。現実に、国内法の植物防疫法に違反し、同等の中国国内法にも違反している（と評者はみなしている）。まさに密輸である。「まさか在京中国大使館の一等書記官がもってきた文書が偽物だとは……」と絶句するが、中国政府が無検疫での輸入を許可するはずがない。

背景はこうである。燻蒸すれば、日本米の強みである食味が大幅に下がりコストもかさむ。それでは中国の富裕層にいくら需要があっても、輸出は一向に伸びない。しかも燻蒸設備は全農が独占している。「われわれが何とかするしかない」と動いた改革派官僚のプライドとその果実を独占しようとした農水大臣・副大臣のメンツが招いた事件である。詳細は拙著でいずれ明るみに出していくが、これは果たして〝プライド〟なのだろうか。

そんな現在進行形の事件と勝手にオーバーラップさせながら、一方的な反発をもって『一俵の重み』を読んだ。

再読すると、描かれた農水官僚・米野太郎のプライドの中に、事件の当事者である実在の官僚のまっすぐさと歪みが同時にみてとれた。著者の預言性といって過言でなかろう。

真山氏はコメ輸出について、講演でこう語っている。

「私は、米は兵器とおなじくらいの国益だと思っています」

私は意見を異にする。コメが国益でなくなる――コメに官僚や政治家の介入がなくなる日こそ、日本農業が健全化すると確信している。

プライドとは一体何だろうか。農業の話をするとつい熱くなる。

（平成二十四年七月、月刊『農業経営者』副編集長）

初出

一俵の重み　小説新潮二〇一〇年一月号
医は……　小説新潮二〇〇九年六月号
絹の道　小説新潮二〇〇八年十一月号
プライド　小説新潮二〇〇八年四月号
暴言大臣　小説新潮二〇〇九年二月号
ミツバチが消えた夏　小説新潮二〇〇九年九月号
歴史的瞬間　小説新潮二〇一一年一月号

この作品は平成二十二年三月新潮社より刊行された
単行本に「歴史的瞬間」を加えた。

高杉良著
王国の崩壊
業界第一位老舗の丸越百貨店が独断専横の新社長により悪魔の王国と化した。再生は可能なのか。実際の事件をモデルに描く経済長編。

高杉良著
不撓不屈（上・下）
中小企業の味方となり、国家権力の横暴な法解釈に抗った税理士がいた。国税、検察と闘い、そして勝利した男の生涯。実名経済小説。

高杉良著
明日はわが身
派閥抗争、左遷、病気休職――製薬会社の若きエリートを襲った苦境と組織の非情。すべてのサラリーマンに捧げる渾身の経済小説。

高杉良著
暗愚なる覇者
―小説・巨大生保―（上・下）
最大手の地位に驕る大日生命の経営陣は、疲弊して行く現場の実態を無視し、私欲から恐怖政治に狂奔する。生保業界激震の経済小説。

高杉良著
会社蘇生
この会社は甦るのか――老舗商社・小川商会を再建するため、激闘する保全管理人弁護士たち。迫真のビジネス&リーガルドラマ。

高杉良著
大脱走《スピンアウト》
会社から仕事を奪い返せ――一流企業を捨てて起業を目指す会社員たちの決意と苦闘。IT産業黎明期の躍動感を描き切った実名小説。

高杉良著

人事異動

理不尽な組織体質を嫌い、男は一流商社の出世コースを捨てた。だが、転職先でも経営者の横暴さが牙を剝いて……。白熱の経済小説。

高杉良著

人事の嵐
―経済小説傑作集―

ガセ、リーク、暗闘、だまし討ち等々、権謀術数渦巻く経営上層部人事。取材に裏打ちされたリアルな筆致で描く傑作経済小説八編。

重松清著

舞姫通信

教えてほしいんです。私たちは、生きてなくちゃいけないんですか？ 僕はその問いに答えられなかった――。教師と生徒と死の物語。

重松清著

見張り塔からずっと

3組の夫婦、3つの苦悩の果てに光は射すのか？ 現代という街で、道に迷った私たち。新・山本周五郎賞受賞作家の家族小説集。

重松清著

ナイフ
坪田譲治文学賞受賞

ある日突然、クラスメイト全員が敵になる。私たちは、そんな世界に生を受けた――。五つの家族は、いじめとのたたかいを開始する。

重松清著

日曜日の夕刊

日常のささやかな出来事を通して蘇る、忘れかけていた大切な感情。家族、恋人、友人――、ある町の12の風景を描いた、珠玉の短編集。

重松清著　ビタミンF　直木賞受賞

もう一度、がんばってみるか――。人生の"中途半端"な時期に差し掛かった人たちへ贈るエール。心に効くビタミンです。

重松清著　エイジ　山本周五郎賞受賞

14歳、中学生――ぼくは「少年A」とどこまで「同じ」で「違う」んだろう。揺れる思いを抱き成長する少年エイジのリアルな日常。

重松清著　きよしこ

伝わるよ、きっと――。少年はしゃべることが苦手で、悔しかった。大切なことを言えなかったすべての人に捧げる珠玉の少年小説。

重松清著　小さき者へ

お父さんにも14歳だった頃はある――心を閉ざした息子に語りかける表題作他、傷つきながら家族のためにもがく父親を描く全六篇。

重松清著　卒業

大切な人を失う悲しみ、生きることの過酷さ。それでも僕らは立ち止まらない。それぞれの「卒業」を経験する、四つの家族の物語。

重松清著　くちぶえ番長

くちぶえを吹くと涙が止まる。大好きな番長はそう教えてくれたんだ――。懐かしい子どもも時代が蘇る、さわやかでほろ苦い友情物語。

重松清著

熱球

二十年前、もしも僕らが甲子園出場を果たせていたなら――。失われた青春と、残り半分の人生への希望を描く、大人たちへの応援歌。

重松清著

きみの友だち

僕らはいつも探してる、「友だち」のほんとうの意味――。優等生にひねた奴、弱虫や八方美人。それぞれの物語が織りなす連作長編。

重松清著

星に願いを
―さつき断景―

阪神大震災、オウム事件、少年犯罪……不安だらけのあの頃、それでも大切なものは見失わなかった。世紀末を生きた三人を描く長編。

重松清著

あの歌がきこえる

友だちとの時間、実らなかった恋、故郷との別れ――いつでも俺たちの心には、あのメロディーが響いてた。名曲たちが彩る青春小説。

重松清著

みんなのなやみ

二股はなぜいけない？　がんばることに意味はある？　シゲマツさんも一緒に困って真剣に答えた、おとなも必読の新しい人生相談。

重松清著

青い鳥

非常勤の村内先生はうまく話せない。でも先生には、授業よりも大事な仕事がある――孤独な心に寄り添い、小さな希望をくれる物語。

重松　清著
せんせい。
大人になったからこそわかる、あのとき先生が教えてくれたこと——。時を経て心を通わせる教師と教え子の、ほろ苦い六つの物語。

玉岡かおる著
天涯の船（上・下）
身代りの少女ミサオは、後の造船王・光次郎と船上で出会い、数奇な運命の扉が開く。日欧の近代史を駆け抜けた空前絶後の恋愛小説。

玉岡かおる著
お家さん（上・下）
織田作之助賞受賞
日本近代の黎明期、日本一の巨大商社となった鈴木商店。そのトップに君臨し、男たちを支えた伝説の女がいた——感動大河小説。

玉岡かおる著
銀のみち一条（上・下）
近代化前夜の生野銀山で、三人の女が愛した一人の坑夫。恋に泣き夢破れてもなお、導かれる再生への道——感動と涙の大河ロマン。

垣根涼介著
ワイルド・ソウル（上・下）
大藪春彦賞・吉川英治文学新人賞・日本推理作家協会賞受賞
戦後日本の〝棄民政策〟の犠牲となった南米移民たち。その息子ケイらは日本政府相手に大胆な復讐劇を計画する。三冠に輝く傑作小説。

垣根涼介著
君たちに明日はない
山本周五郎賞受賞
リストラ請負人、真介の毎日は楽じゃない。組織の理不尽にも負けず、仕事に恋に奮闘する社会人に捧げる、ポジティブな長編小説。

垣根涼介著

借金取りの王子

—君たちに明日はない2—

リストラ請負人、真介に新たな試練が待ち受ける。今回彼が向かう会社は、デパートに生保に、なんとサラ金!? 人気シリーズ第二弾。

垣根涼介著

張り込み姫

—君たちに明日はない3—

リストラ請負人、真介は戦い続ける。ぎりぎりの心で働く人々の本音をえぐり、仕事の意味を再構築する、大人気シリーズ!

黒川博行著

大博打

なんと身代金として金塊二トンを要求する誘拐事件が発生。驚愕する大阪府警だが、犯行計画は緻密を極めた。驚天動地のサスペンス。

黒川博行著

疫病神

建設コンサルタントと現役ヤクザが、産廃処理場の巨大な利権をめぐる闇の構図に挑んだ。欲望と暴力の世界を描き切る圧倒的長編!

黒川博行著

左手首

一攫千金か奈落の底か、人生を賭した最後のキツイ一発! 裏社会で燻る面々が立てた完全無欠の犯行計画とは? 浪速ノワール七篇。

黒川博行著

螻蛄

—シリーズ疫病神—

最凶「疫病神」コンビが東京進出! 巨大宗派の秘宝に群がる腐敗刑事、新宿極道、怪しい画廊の美女。金満坊主から金を分捕るのは。

楡周平著 再生巨流

一度挫折を味わった会社員たちが、画期的な物流システムを巡る新事業に自らの復活を賭ける。ビジネスの現場を抉る迫真の経済小説。

楡周平著 異端の大義（上・下）

保身に走る創業者一族の下で、東洋電器は混迷を深めていた。中堅社員の苦闘と厳しい国際競争の現実を描いた新次元の経済大河巨篇。

楡周平著 ラストワンマイル

最後の切り札を握っているのは誰か——。テレビ局の買収まで目論む新興IT企業に、起死回生の闘いを挑む宅配運輸会社の社員たち。

道尾秀介著 向日葵の咲かない夏

終業式の日に自殺したはずのS君の声が聞こえる。「僕は殺されたんだ」。夏の冒険の結末は。最注目の新鋭作家が描く、新たな神話。

道尾秀介著 片眼の猿
—One-eyed monkeys—

盗聴専門の私立探偵。俺の職業だ。今回の仕事は産業スパイを突き止めること、だったはずだが……。道尾マジックから目が離せない！

道尾秀介著 龍神の雨

血のつながらない父を憎む蓮。実母を殺したのは自分だと秘かに苦しむ圭介。降りやまぬ雨、ひとつの死が幾重にも波紋を広げてゆく。

高村薫著

黄金を抱いて翔べ

大阪の街に生きる男達が企んだ、大胆不敵な金塊強奪計画。銀行本店の鉄壁の防御システムは突破可能か？　絶賛を浴びたデビュー作。

高村薫著

神の火（上・下）

苛烈極まる諜報戦が沸点に達した時、破天荒な原発襲撃計画が動きだした――スパイ小説と危機小説の見事な融合！　衝撃の新版。

高村薫著

リヴィエラを撃て（上・下）

日本推理作家協会賞／日本冒険小説協会大賞受賞

元ＩＲＡの青年はなぜ東京で殺されたのか？白髪の東洋人スパイ《リヴィエラ》とは何者か？　日本が生んだ国際諜報小説の最高傑作。

高村薫著

レディ・ジョーカー（上・中・下）

毎日出版文化賞受賞

巨大ビール会社を標的とした空前絶後の犯罪計画。合田雄一郎警部補の眼前に広がる、深い霧。伝説の長篇、改訂を経て文庫化！

高村薫著

マークスの山（上・下）

直木賞受賞

マークス――。運命の名を得た男が開いた扉の先に、血塗られた道が続いていた。合田雄一郎警部補の眼前に立ち塞がる、黒一色の山。

高村薫著

照柿（上・下）

運命の女と溶鉱炉のごとき炎熱が、合田と旧友を同時に狂わせてゆく。照柿、それは断末魔の悲鳴の色。人間の原罪を抉る衝撃の長篇。

篠田節子著

仮想儀礼（上・下）

柴田錬三郎賞受賞

金儲け目的で創設されたインチキ教団。金と信者を集めて膨れ上がり、カルト化して暴走する――。現代のモンスター「宗教」の虚実。

篠田節子ほか著

恋する男たち

小池真理子、唯川恵、松尾由美、湯本香樹実、森まゆみ等、女性作家六人が織なす男たちのラブストーリーズ、様々な恋のかたち。

佐藤優著

国家の罠
―外務省のラスプーチンと呼ばれて―

毎日出版文化賞特別賞受賞

対ロ外交の最前線を支えた男は、なぜ逮捕されなければならなかったのか？　鈴木宗男事件を巡る「国策捜査」の真相を明かす衝撃作。

佐藤優著

自壊する帝国

大宅壮一ノンフィクション賞・新潮ドキュメント賞受賞

ソ連邦末期、崩壊する巨大帝国で若き外交官は何を見たのか？　大宅賞、新潮ドキュメント賞受賞の衝撃作に最新論考を加えた決定版。

佐藤優著

インテリジェンス人間論

歴代総理や各国首脳、歴史上の人物の精神構造を丸裸！　インテリジェンスの観点から切り込んだ、秘話満載の異色人物論集。

佐藤優著

功利主義者の読書術

聖書、資本論、タレント本。意外な一冊にこそ、過酷な現実と戦える真の叡智が隠されている。当代一の論客による、攻撃的読書指南。

石田衣良著

4TEN【フォーティーン】

直木賞受賞

ぼくらはきっと空だって飛べる！　月島の街で成長する14歳の中学生4人組の、爽快でちょっと切ない青春ストーリー。直木賞受賞作。

石田衣良著

眠れぬ真珠

島清恋愛文学賞受賞

人生の後半に訪れた恋が、孤高の魂を持つ咲世子を少女に変える。恋人は17歳年下。情熱と抒情に彩られた、著者最高の恋愛小説。

石田衣良著

夜の桃

少女のような女との出会いが、底知れぬ恋の始まりだった。禁断の関係ゆえに深まる性愛を究極まで描き切った衝撃の恋愛官能小説。

石田衣良ほか著

午前零時

―P.S.昨日の私へ―

今夜、人生は1秒で変わってしまうと、知りました――13人の豪華競演による、夜の底から始まった、誰も知らない物語たち。

中谷航太郎著

ヤマダチの砦

カッコイイけどおバカな若侍が山賊たちと繰り広げる大激闘。友情あり、成長ありのノンストップアクション時代小説。文庫書下ろし。

中谷航太郎著

隠れ谷のカムイ

―秘闘秘録　新三郎&魁―

「武田信玄の秘宝」をめぐる争いに巻き込まれた新三郎と魁。武田家元家臣、山師、忍が入り乱れる雪の隠れ谷。書下ろし時代活劇。

プライド

新潮文庫　ま－39－1

平成二十四年九月一日発行

著者　真《ま》山《やま》仁《じん》

発行者　佐藤隆信

発行所　株式会社　新潮社

郵便番号　一六二―八七一一
東京都新宿区矢来町七一
電話　編集部(〇三)三二六六―五四四〇
　　　読者係(〇三)三二六六―五一一一
http://www.shinchosha.co.jp

価格はカバーに表示してあります。

乱丁・落丁本は、ご面倒ですが小社読者係宛ご送付ください。送料小社負担にてお取替えいたします。

印刷・大日本印刷株式会社　製本・加藤製本株式会社

ISBN978-4-10-139051-2　C0193